薫風のフィレンツェ

榛名しおり

white heart

講談社X文庫

天使の羽を持つ
メディチ家の妖精
ジュリオ
ルネサンスを代表する
若き天才・ミケル

豪華王・ロレンツォ
レオナルド
石工・ルチアーノ
リフィア

イラストレーション／池上《いけがみ》沙京《さきょう》

薫風のフィレンツェ

あわれ、青春はうるわしきかな
されどそは疾《と》く過ぎやらん
楽しまんものは楽しめや
明日の日は定めなし

この有名な詩の作者は、
フィレンツェの大富豪、ロレンツォ・デ・メディチ（一四四九～一四九二）。
通称、豪華王《イル・マニフィーコ》。
彼は、コジモ（祖国の父《パーテル・パトリアエ》）から数えて、三代目のメディチ家の頭目にあたる。
身分は一市民でありながら
フィレンツェ共和国の実質的支配者として、市民に多大に愛され、フランス王、ドイツ皇帝、スペイン王や、ローマ教皇にまで融資し、五列強が拮抗《きっこう》して統一ままならないイタリアの平和を数十年にわたって守りぬきイタリア・ルネッサンスの満開の春を体現した、『無冠の王』である。

また彼は、無名の少年ミケランジェロの才能をいち早く見抜き、当時考えられる最良の教育を与えて育てた、芸術の庇護者《ひごしゃ》でもあった。

一

通りに面した観音開《かんのんびら》きの大きな扉《とびら》が、いつもいっぱいに開け放たれている。

(あのカルトーネ《原寸大下絵》、どこまで進んだかな)

ミケルはのぞきこんだ。

広い工房《ボッテーガ》の中は、窓が広くて明るいが、ひどくほこりっぽい。

若い徒弟《ガルツォーネ》が、たくさん働いているからだ。木目の細かい白楊《ポプラ》の板木を薄く削《けず》ったり、顔料をといたり、大理石を削ったり。

ミケル少年はいつも我を忘れ、時間を忘れて、その芸術工房をのぞきこんでいた。いそがしく働いている親方《マエストロ》や徒弟の仕事のようすをのぞいていると、自分がこれからどこへ行くのかも、すっかり忘れてしまう。一度、自分でも気づかないうちにふらふらと中に入り込んでしまい、徒弟にひどくどなられてからは、扉の木枠にしがみつくようにして中をのぞくようにしている。

工房には、次々にいろいろなものが運び込まれてくる。

材料だ。

木材、大理石、紙、顔料の材料となるさまざまなもの。

そして、それらはすばらしい作品となって息吹《いぶき》を与えられ、それぞれの場所に送り出されていく。

教会、教会に付属する富豪の礼拝堂、貴族の邸宅、街の広場、公共建築物。

花の十五世紀《クアトロチェント》。

盛期ルネッサンスまっただなかのフィレンツェの芸術工房は、当時、人々の心を揺り動かすものならば、なんでも請け負いつくりだしていた。

板絵の肖像画はもちろん、小さいものは誕生を祝う装飾盆から、騎馬槍試合《やりじあい》用のきらびやかな武具や軍旗、馬具もつくったし、金銀細工《ざいく》も、装本もしたと思えば、はたまた、貴族の邸宅を飾る家具類、出張して壁にフレスコ画を描《か》くこともあるし、礼拝堂の祭壇を刻んだり、はては、建築そのものの設計から請け負うこともある。

いまも、カッソーネと呼ばれる装飾絵つきの長持《ながもち》の、仕上げが終わったようだ。

作品が搬出されていくこの瞬間が、ミケルにはぞくぞくしてたまらない。

そしてその間にも工房《ボッテーガ》の奥では、別の作品に手が加えられている。

ブロンズ像をつくるための雛型《ボッツェット》を、粘土《ねんど》でつくっているらしい。

うらやましい、と思った。

（いいよなあ）

ミケル少年はうらやましくてたまらなかった。額に汗して働く徒弟《ガルツォーネ》たちの仲間に、自分も加わりたい。

（僕も将来、あんな仕事がしたい――この手でなにかを生み出したい）

はっきりそう意識した瞬間、心が熱くはじけ、そして、芯《しん》からまた固く締まっていくのをミケルは感じた。

さらなる精錬を求め、鍛えられようとする魂が、行き場を求めてうずきはじめた。

ミケルが十二歳――一四八七年、秋のことである。


「いったいなにを考えているんだ」

父は机《つくえ》を叩《たた》いた。

反対されることはわかっていた。ミケルの家柄はめっぽう古い。没落貴族だ。

「父さん、話を聞いて」

父は、見上げるほどの大男だ。もうそれほど若くない父だったが、ミケルには、父の勢いに押されないよう立っているのが精一杯だ。何発かくらうことさえ覚悟しなければならない。お堅い地方行政官として名をはせたわりに、父は手が早い。

「徒弟奉公《とていぼうこう》？　それも、芸術工房なんて、ばかなことを――我がブオナローティ家から職人風情《ふぜい》になり下がった男など、ひとりもいないぞ。おまえはせっかくの人生をどぶに捨てるつもりか？」

情けない、と一喝《いっかつ》した。

「勉学から逃れたくなって、そんなことを言いだすとは――」

「そうじゃない」

ミケルは俄然《がぜん》むきになった。

「僕は、勉強することがいやなんじゃない」

「ならば、ごねずに勉強して、上の学校に進み、この父に負けない立派な行政官になってみせろ。学資金ならなんとかするし、成績だってじゅうぶん足りているんだ。上の学校に進みたくたって進めない同級生のことを考えたらどうだ」

ここフィレンツェでは、ほとんどの子どもがきちんとした初等教育を受けている。識字率は、この時代のヨーロッパとしては、驚くほど高い。

なぜなら、この活気あふれる大商業都市フィレンツェでは、なにをするにも契約登記して文書化するのだ。読み書きや算数はできてあたりまえだった。初等教育を終えたのち、徒弟奉公に出たり、なりたい職業によっては、中級や、そのまた上の学校に進むことになる。

「でも」

ミケルは必死で食い下がった。

「でもね父さん、父さんはすごいと思わない？　マザッチョやドナテッロのように、大きな工房《ボッテーガ》でたくさんの人を使って――ほら、たとえば礼拝堂の設計をして、祭壇をいろいろなフレスコ画や彫刻で飾るような、すごい仕事ができるようになれば――」

「マサチーだかドテナーだか知らんが、やつらは代々ああして飯を食っている職人だ。世襲《せしゅう》の仕事だ。コネや、つてが頼りだ。代々行政官をつとめてきたうちとは、住む世界が違う。うちにはもちろん職人風情《ふぜい》の知り合いなんてないし、工房に紹介してくれるつてだってあるはずない。これっぽっちの縁もコネもない。それでいったいどうやって注文を得るつもりだ」

「でも、やってみたい」

「力仕事だ」

「わかってる」

「いいやわかっとらん。やつらは肉体労働者だ。あまりにも低俗だ。それにつてなしでは、よほどの腕がないかぎり成功できん。自信があるのか？」

自信は、ない。

石板や、平らな地面に絵を描《か》きつけたり、土くれをこねて創作のまねごとをしていると、時間をすっかり忘れて夢中になれたが、そういうことが好きだということと、生業《なりわい》としてなりたつかということは別物だということくらいは、ミケルにだってわかる。

なんの後《うし》ろ盾《だて》ももたないミケルがあの世界にとびこんで、はたして食べていけるものかどうか——自分の才能がどのくらいのものか、測ることはできない。

自信などない。必ず成功するという確信はない。

いつか生活費にも事欠き、のたれ死にするかもしれない。

不安が顔に出たのを見て、父があざけった。

「ほらみろ」

「でもやってみたい——」

(殴《なぐ》られる!)

ぱっと反射的に身構えたミケルだったが、父はミケルの両肩に大きな手をがっしりと置いただけだった。が、重みが痛い。期待の重さだ。

「いいかミケル、おまえを愛すればこそ、認めるわけにはいかない。一度しかない大切な人生だ。将来を誤らせたくないんだ。幸いおまえはたいそう学業ができる。ピサでもボローニャでもパドヴァでも好きな大学に進み、地方の行政官からはじめて、一歩一歩上り詰めていけばいい。それなら、頼れる知り合いだってたくさんいる。コネもつてもあるぞ。誰もがうらやむ確かな人生だ。なにが不満だ——それとも長年行政官だったこの父親に、不満でもあるのか」

「そうじゃない」

「親心をわずらわせるんじゃない。おまえの母が生きていたら泣くぞ」

さすがに父はよく心得ていて、ここらへんがミケルの弱みだった。とうに死んで顔さえ知らないのに、母親の涙には、とても抵抗できそうもない。

(ちくしょう)

ミケルはふてくされた。

母を知らないせいか、自分は家族——ミケルは五人兄弟の二番目だ——に対し、すこし感傷的すぎる。大切にしすぎるのだ。

このめそめそした心には、そろそろおさらばしなければならない。我を通すためには、もっと図太く男らしくならねば。心の母をどれだけ泣かそうが、父と殴《なぐ》り合いをしようが、男なら、自分の行きたい道を進まなければ。

「聞いて父さん。僕は、父さんに逆らいたいわけじゃない」

「おまえこそ、わしの言うことをなぜ聞けないんだ。わしはこのとおり年だ。おまえの輝かしい将来だけが楽しみだ。地方の行政官で終わったわしと違い、おまえには才能がある。おまえだけが頼みだ。きっと中央で上り詰める。ブオナローティ家がまた、昔の栄光を取り戻す日がくる——その日を楽しみにしてはいけないのか?」

間違ってはいない。

だが、だからといって、だまって、はいはいとなんでも受け入れるわけにはいかなかった。ミケルは泣きたい思いで口をとがらせた。いかにももっともに聞こえるこんな親心に、子どもとして、いったいどう対抗すればいいのだろう。

「ずるいよ。何年か前に兄さんが修道院に入りたいと言ったときは、すぐに行かせてあげたじゃないか。なんで僕には自由にさせてくれないんだ」

「レオナルドに、上の学校に進むだけの頭がなかったからだ。あいつの成績はさんざんだったが、それでも徒弟奉公《とていぼうこう》に出すなんてひどいことは、これっぽっちも考えなかったぞ」

文法学者のウルビーノ先生の評価が高いことが、ミケルにはかえって恨《うら》めしかった。こんなことなら手を抜くべきだった。学友と競い合いになるとついむきになってしまう負けん気の強さも、今後は改めなければならない。

唐突《とうとつ》に、父は食堂の椅子《いす》から立ち上がった。

「さあ、この話はもうこれで終わりだ」

「父さん」

「ルカーの店に行ってくる。終わりと言ったら終わりだ。ブオナローティ家の男子が、絵《え》描《か》きや石工の工房《ボッテーガ》に徒弟奉公に出るなんて――」

考えただけで嘆かわしい、と、父は顔をそむけた。

「家族の中にそんなのがいるのは不名誉だ。支度金《したくきん》など出るわけがない」

そう、なんとかミケルが父を説き伏せようとしたのも、まとまった支度金が必要だったからだ。この時代、工房《ボッテーガ》の親方《マエストロ》と徒弟奉公《とていぼうこう》の契約を結び、雇ってもらうには、徒弟《ガルツォーネ》のほうが前もってある程度の支度金を支払わなければならなかった。親方から給料がもらえるようになるのは、一人前になった数年後からだ。

それでなくても、こうした徒弟奉公に出るのは十歳前後がふつうなのに、ミケルはもうじき十三歳になろうとしている。修業をはじめるにはもう遅い。

ため息が続けざまに出た。ため息をつくなんて、少年にとって生まれてはじめてのことだった。

（終わった、か）

この話は終わったのだ。ミケルはどっと年老いた気分になった。

（こんなふうにいろんなことをあきらめながら、大人になっていくのかなあ）

窓の外のトスカーナの青空が、いやにかすんで見える。

結局その年、十二歳のミケルは、ひとつ上の学校に進んだ。

父の言うとおり、ミケルにとって一番もっともと思える道――行政官をめざしたのである。

その冬、ミケルは高熱を出した。

恐ろしい黒死病《ペスト》ではなかったが、何日か、生死の境をさまよった。

(まずい、死ぬかもしれない)

ミケルはやはり悔《く》いた。どんなに健康な人間だって、こんなふうにいつ死ぬかわからないんだ。やれるだけのことをやらないまま棺桶《かんおけ》に入れられるなんてたまらない。

(くそ)

ここで終わってなるかよと、なんとか持ちこたえ、頭があがるようになるやいなや、ミケルはしばらく遠ざけていた赤チョークを握りしめ、大切にとっておいた小さな紙片を取り出した。

絵を描《か》いた。

何年もたってから、ミケルはふと気づいた。このときベッドの上で描いた絵は、意気込みだけはすさまじかったが、いかんせん体力ががっくり失われていて、根を詰めることができなかった。そのことが、かえってよかったのかもしれない。もし健康な身体《からだ》だったら、きっとうまく描いてやろうという気持ちばかり先走り、見るものをうんざりさせただろう。

生まれてはじめて学校をサボった。

描《か》いた素描《そびょう》をひっつかんで、学校とは反対の方向に向かった。ふつうに歩いているつもりだったが、実際にはすね長の脚を猛回転させ、かなりの速さで走っていた。

この絵を、当代一活躍しているギルランダイオの親方に、直接見てもらいたかったのだ。

ミケルは、創作することが好きだ。素描ならいくら石板に描いても疲れることを知らない。自分ではなかなかいい線いっていると思うし、そして他人にも何度か出来ばえをほめられたことがある。文法学校の友達——地面の上のスケッチを通りがかりにのぞいていった老人——三軒隣のステラおばさん——ほかにももっともっといる。

だが、その道のプロに見てもらったことは、一度もなかった。

自分にほんとうに才能があるのかないのか、どういう形でもいいから確かめたい。ミケルは負けず嫌いだが、むやみに強気なたちではない。自分に自信はない。

だが、なにかしないではいられない。

(ギルランダイオ工房の親方が相手にしなかったら、きっぱり踏ん切りをつける)

ギルランダイオの工房《ボッテーガ》は当時、サンタ・マリア・ノヴェッラ教会の中央礼拝堂の壁画『マリアの生涯』を制作中だった。

この教会は、現代にも残る美しい教会で、はじめて遠近法を使って描かれたマザッチョのフレスコ画『三位一体《さんみいったい》』や、建築家ブルネレスキの木彫《もくちょう》『十字架《じゅうじか》のキリスト』などが存在する芸術の殿堂だ。

ギルランダイオの工房《ボッテーガ》には、ふたりの親方《マエストロ》がいた。兄のドメニコと、弟のダヴィデである。

この日、兄のギルランダイオは、熱気にあふれる大壁画制作を、みずからサンタ・マリア・ノヴェッラ教会にのりこんでいそがしそうに総指揮していた。一息入れようと現場を離れ水場に近づいたギルランダイオに、ミケルはそっと近づいた。

「ギルランダイオの親方？」

ギルランダイオは、誰かが部分下絵を確認させようと持ってこさせたのだろうと思い、ミケルがなにも言いださないうちに紙を取り上げ、無造作《むぞうさ》に日の光の下で広げた。

むろん、いま制作中の壁画の下絵ではない。

「おや、これはなんだっけ？」

ミケルは大きく息を吸い込んだ。

「僕が、描《か》いたんです」

「君が？」

うなずいたミケルの年格好と、受け取った絵を、ギルランダイオはもう一度見比べなければならなかった。

それは、長衣を着た老人が、呼ばれて振り返るところを横からとらえた簡単なデッサンだった。

陰のつけかたが未熟だったし、ちょっと身体《からだ》をひねらせたデッサンも、奇をてらっていて感心しない。

が、なにしろこれほどのびやかに脈打つ線を、ギルランダイオは見たことがなかった。勢いがある。生きている。この服のドレープの量感はどうだ。

もちろん不完全だが、それでもまさか十二、三の子どもの手が描《か》いたとは信じられないほどのデッサン力だ。ギルランダイオはもう一度、その絵と、まだどう見ても少年の域を出ないミケルの顔を見比べた。

「これを、ほんとうに、君が、ひとりで？」

うん、とミケルがうなずくのを見たとき、ギルランダイオはふと畏《おそ》れに近いものさえ感じ、思わず弟子の誰かをそばに呼ぼうかと思った。

「君はいったいなんだね。どこの工房《ボッテーガ》で素描《そびょう》法を習った」

技法のつたなさをけなされたと思ったミケルは内心がくんとしかけたが、くせっけのない前髪をかき上げることで、自分に無理やり顔をあげさせた。

「素描法を、習ってないんです。でも描くのが好きなんだ。僕は、先生の工房で、修業したい」

そう言いきって、きっと結んだ唇《くちびる》は、なんともかわいらしい。

が、大きな瞳《ひとみ》はひどく憂《うれ》いに満ちながら、たくさんの光を宿していた。

おそらく、内なる意志の強さと、年相応の幼さのアンバランスを、自分でもどう保ったらよいのかわからなくて持て余しているのだろう。ギルランダイオはますます戸惑った。

（徒弟《ガルツオーネ》としてうまく使いこなせるか）

ギルランダイオは目をしばたたかせて、もう一度素描《そびょう》に目を落とした。

「で、紹介状は」

「ありません」

紹介なしにみずからとびこんでくる少年などはじめてである。

「むろん、この腕前なら大歓迎だが――」

それは、まさに、ミケルが夢見ていた以上のことばだった。思わず舞い上がりたくなるような興奮で、ミケルは顔を真っ赤にさせた。

だが、まず支度金《したくきん》を払えないことを、この場ではっきりと言わなければならない。家柄だけは立派な没落貴族の家に育ったミケルにとって、金の話をするのは、苦痛だった。

「でも」

なに？　と、ギルランダイオが絵から顔をあげると、逆にミケルは目を伏せた。くせのない前髪がぱらりと前に垂れ落ち、表情にさらに陰影を落とした。

「支度金《したくきん》が払えないんです。職人になることを、父に反対されて」

声が詰まった。

突き放そうとは決心するものの、やはりこんなにも父を敬慕している。その父にとうとうわかってもらえないまま、自分は独力で違う世界へ飛び去りたくて、こうしてもがいているのだ。

「支度金？」

芸術家が、ただの無名職人にすぎなかった中世とは違う。ギルランダイオは、超売れっ子の芸術家である。

つまり、フィレンツェで、一、二の受注数を争う大工房の「経営者」なのだ。

そして納期以内に契約通りの作品を納めては、代金を回収するというやっかいな事業を、立派に成功させている計算高い男だ。

作品は、すべて弟子たちとの共同作業から生み出されるが、ギルランダイオの名前で残る。いま、ギルランダイオの名前は売れに売れていた。多種多様な仕事が、次から次に降るようにまいこむ。優秀な弟子ならば、のどから手が出るほどほしい。器用な少年ならたいていの作業はつとまるが、このデッサン力なら、ちょっとしこめば、すぐに、背景の小天使を描《か》くくらい任せられる。

もとはとれる、とギルランダイオはふんだ。

「支度金《したくきん》はいらない」

　ここでちょっとやそっとの支度金にこだわり、これほどの少年を他の工房《ボッテーガ》にとられるのはしゃくだ。

「支度金はいらない――そういう契約にするから、すぐお父さんに来てもらいなさい。わたしが説得しよう」

　この好条件で、いまをときめくギルランダイオに説得されては、父も折れざるを得ない。

　こうしてついにミケルは、ギルランダイオ兄弟の工房に入ることを父に許されたのだった。

　ことの成り行きに一番驚いたのは、ミケル本人だった。

（動いてみるもんだなあ）

やった、ついに人生が開けた――と、十三歳になったばかりのミケルは跳び上がって感激した。自分で切りひらいたのだ。

　文法学校をきれいさっぱり中退したミケルは、行政官としての将来を期待していた周囲をおおいに驚かせた。

　ギルランダイオ兄弟との契約内容は、支度金いっさいなし。住み込みだが、家賃も食費も免除。三年契約。

最初の一年目から手当が出るなど、当時としては、きわめて特例の扱いだ。

「髪を長くのばすことだけは、許さんからな」

ぽつりと父が言った。

かつて聞いたことがないような、穏やかで、力無い声だった。

どうやら納得いかないようすだ。


好待遇が、あだになる。

ギルランダイオの工房《ボッテーガ》に住み込んだミケルは、入った早々、兄弟子たちにひどくねたまれてしまった。

新入りの弟子は、兄弟子から、教わらなければならないことが山ほどある。その工房に代々伝わる独特の顔料の種類とすりつぶしかた（ギルランダイオは、東洋産の『竜の血』と呼ばれる高価な顔料をひそかに使っていた）、ほかにも、素描《そびょう》用の紙の下塗りのしかた、石膏《せっこう》の準備のしかた、板絵の接着のしかた、豚毛をつかったさまざまなタイプの筆の作り方、高所で壁画を描くための足場の組み方——などなど、基本中の基本を、兄弟子から教わらなくてはならない。

特にミケルは、徒弟《ガルッオーネ》としてはめずらしく、芸術関係とはまるで無縁の家庭で生まれ育った。だから、なにもかも一から習わなくてはならない。なのに、なにもすんなりとは教えてもらえない。背中を向けられてしまう。

「給金をもらえるような人に、おれたちが教えられることはなにもないよ」

嫌《いや》みがねちねちと続く。

そして、教えてくださいと頭を下げることが、ミケルにはどうしてもできなかった。たちまち「あいつは態度が大きい」ということになり、けんか騒ぎになる。

兄弟子たちはかんかんだった。

「ミケルのやつ、おれたち兄弟子をばかにしてるんだ。態度がでかいったらない」

実際、ミケルほど態度が大きい新入りはいなかった。職人世界をまったく知らずに育ったから厳しい上下関係には無知だし、そのうえ、コネとつてで工房《ボッテーガ》に入った兄弟子たちのどうしようもない筆遣《ふでづか》いにあきれて以来、教えを乞《こ》うような謙虚な気持ちにどうしてもなれない。遅れて入ったミケルと、年もさほど変わらない。

だが、工房仕事そのものは楽しいし、手先が器用なことでは、弟子たちの中であきらかにずばぬけていた。

特に、徒弟の下仕事である、衣服の裾《すそ》のひだ《ドレープ》を描《か》くことは、たくさんいる弟子たちの中でもミケルがぬきんでていて、そのうちミケルの独壇場《どくだんじょう》になった。空気をたくさん含んで柔らかく広がる服の裾《すそ》を描《か》くことに関しては、親方《マエストロ》のギルランダイオでさえ一目置いた。

他にもミケルはいろんなことを、まるで古木綿のように無心に吸収していった。

下仕事がない日には、ギルランダイオの指示で、兄弟子たちといっしょにサンタ・クローチェ教会にあるジョットーのフレスコ画『ドルシアナの蘇生《そせい》』や、サンタ・マリア・デル・カルミネ教会のブランカッチ礼拝堂にあるマザッチョのフレスコ画『貢の銭』、同じくマザッチョが最新の遠近法を取り入れて描いたサンタ・マリア・ノヴェッラ教会のフレスコ画『三位一体《さんみいったい》』などを習作しに出かけた。

だがこの時期、ミケルは特に大理石にさわるのがおもしろくなった。

(不思議だ、大理石は――冷たい石のはずなのに、脈打つかのようなほのかな温かみがある)

兄弟子たちが平 鏨《ひらたがね》で平らに削《けず》った表面を、さらに軽石や金剛砂《こんごうしゃ》で磨《みが》いてなめらかにしていると、なんだか懐かしい気分になる。

そういえばミケルが生まれてすぐ里子に出された先は、セッティニャーノ村の石工の家だった。

(乳母《ばあや》の乳に、大理石の粉が混ざっていたのかもしれない)

仕上げ磨きも自然と熱心になる。

だがねたんだひとりの兄弟子が、ミケルが砂できれいに仕上げた上からひそかにまた平《ひら》鏨《たがね》を走らせ、表面を荒らし、ミケルの仕事はいいかげんだと責めたてた。

それまでも、ドレープを写生するため垂らしてあった布をたたまれたり、いろんないやがらせがあったが、このときはついに殴《なぐ》り合いになった。

この何年ぶりかの本格的なけんかで、ミケルは思わぬことを発見した。

（おれって、腕っぷしが強い）

ほぼ同じ体格の三人相手に、みごとに勝ってしまった。腕力で勝ったというより、こわいもの知らずのミケルが妙に落ち着いてけんかしたのが幸いしたのか、それとも、これも勘《かん》がいいあらわれか。

この新弟子いじめ騒ぎ（？）に、頭をかかえたのは、親方のギルランダイオ兄弟だ。

「彼らにもじゅうぶん注意はするが、おまえもよく考えて、改めるべきところは改めなさい。そんな態度でいれば、そのうち工房《ボッテーガ》じゅうがおまえを避けるようになるぞ。孤立するなんていやだろう？」

もちろん、孤立するなんていやだ。ミケルほど工房に期待して入ったものはいない。みんなと和気あいあいと楽しく共同作業ができると期待したからこそ、文法学校をやめてまで来たのに。

ギルランダイオ兄弟は言い含めた。

「な、みんなでいっしょに大きな仕事を世に遺《のこ》そう。そのためには、もうちょっと大人になって、やつらともうまくやってくれ。仕事仲間は、多いほうがいい」

うん――とうなずこうとしたミケルは、ふと疑問に思った。

(そうだろうか)

仲間は、多ければ多いほどいいだろうか。

ここで無理にへつらって、あの兄弟子たちの仲間に入れてもらったところで、わいわい楽しく仕事ができるとは思えない。生意気な新弟子が入ってきたら、彼らといっしょになってねちねちいびるのか?

(おれは違う)

価値観の違う友人を何十人も持ち、あたりさわりのないつきあいを何年続けたところで、孤立こそまぬかれるものの、得るものはない。

ミケルは心を決めた。

(あいつらはあいつらでやればいい。おれは、おれだ。あいつらの次元まで下がるのはまっぴらだ)

こうしてミケルは完全に孤立した。胃がきりきりするような孤独感は、少年の芯《しん》をさらに鍛えるはずだった。

だが兄弟子から思うように技術を吸収できないことは、もどかしく悔《くや》しい。

また、作品が納入されるときは、仕事を成し遂げた達成感をみなが味わって、工房《ボッテーガ》は明るくにぎわう。

ミケルのいる場所だけ、いつもひとりぼつりと距離があいている。

(なんであの楽しそうな輪の中に、自分だけ入れないんだろう)

頭の中ではこれでいいんだと割り切っているものの、心はちぎれるほど寂しかった。ミケルは孤独が好きなわけではない。人との関係を器用につむげないだけだ。自分だって、みんなと楽しくやりたい。

寂しさにたえかね、ミケルのほうから折れようとしたこともあった。だが、やはり兄弟子だからといって、へつらうことはできない。いったんぐちゃぐちゃにもつれてしまった糸を、そうは簡単にほぐすわけにはいかなかった。どちらにも意地があるし、ミケルは自分に妥協しなかった。いや、できなかった。

つまりけんか騒ぎは、その後もしょっちゅう——ところかまわず起きた。男色を迫った兄弟子を返り討ちにし、鼻の骨を折ってやったこともある。

そのうち、ギルランダイオ兄弟の工房に乱暴な弟子が入り、作業現場の空気を乱しているというのが、フィレンツェの街のちょっとした噂《うわさ》になった。

どんな目にあってもすこしもへこたれないミケルに、ある日とうとう親方《マエストロ》ギルランダイオが、兄弟そろって切れた。

「確かにおまえは手先が器用だ。だが、工房《ボッテーガ》の仕事は、徒弟集団のチームワークがものをいう。おまえは、そのチームワークを乱す」

繰り返すが、ギルランダイオ兄弟は、大工房の経営者である。

彼らにとっては、芽吹きかけたひとりの少年の才能よりも、工房のチームワークのほうがはるかに大事だった。

「うぬぼれるんじゃないぞ。おまえがこんなに悪《わる》だとは、思いもしなかった。さっさと荷物をまとめて、この工房から出ていきなさい」

こうしてミケルは家に戻された。

徒弟奉公《とていぼうこう》は、一年とつとまらなかったことになる。


ミケルは、みごとに、この時代の教育システムからはじかれた。

今日で言えば、名門美術学校を、素行不良《そこうふりょう》により放校、中退、といったところか。

巨匠《きょしょう》ギルランダイオの機嫌《きげん》を損じた徒弟《ガルツォーネ》を雇う工房など、どこにもない。

しかしこの時代、こういう仕事につきたいならば、どこかの工房で徒弟として何年も修業するしかない。その工房に代々伝わる秘伝の技法を身につけ、親方《マエストロ》に推薦《すいせん》されて組合に登録し、そしてひとり立ちして、はじめて仕事を請け負うことができる。

つまり、芸術家をめざすミケルにとって、これは大きな大きな挫折《ざせつ》だった。道は完全に閉ざされた。

　さすがにめげた。

(おれが悪かったんだろうか)

　工房《ボッテーガ》を追い出され、家にすごすごと戻ってきた十三歳のミケルを、それ見たことかと父が非難した。

「だからあれほどわしが言っただろう」

　芸術工房やそこで働く職人たちをさんざんにけなし、そしてまた地方行政官になる勉強をしなおすよう、しきりにせっついた。まだ間に合う、おまえの成績は抜群なんだ、いますぐ文法学校の先生のところへいっしょに手みやげを持って、あいさつに行こう——などなど、顔を合わせるたびにあれこれ言うので、ミケルはうるさくてたまらない。

　だから外へ逃げようとすると、

「いったい毎日なにをして遊んでいるんだ。このなまけもののめ」

と叱《しか》られる。思わずぶん殴《なぐ》ってやろうかとこぶしを握りしめたが、ほんとうにぶん殴れるようなら悩みはしない。それに情けないが、まだ上背では父に追いつかない。返り討ちにあって昏倒《こんとう》させせられるのがおちだ。

　父は言う。

「いいか、おまえのようにふらふらと遊んでいる男は、ブオナローティ家の恥《はじ》だ。弟たち

か。

「じゃあなにをしてる。もっと自分の人生のことを真剣に考えたらどうだ」

どんなに遊んでいたって、自分の人生のことを真剣に考えない人間などいるだろう
「遊んでるわけじゃない」

にだって示しがつかん」

言い返そうとしたミケルは、家を飛びだした。腹立たしいが、家で父と言い争っていて
もなんにもはじまらない。
父の期待にこたえられない自分ももどかしい。
(父さんの言うとおり、文法学校に戻るべきだ。戻って、行政官になって、上級職をめざ
すのが、もっともふさわしい進路なんだろう)
趣味で描《か》く絵なら、誰も文句はつけない、と父は言う。
「祭壇画だの、大理石の彫刻だの、いつまでも夢みたいなことを言ってるんじゃない」
(夢――夢か)
今度こそ、ミケルはあきらめようとした。だって、なにひとつ味方してくれるものがな
い。家系にひとりの芸術家もいない、という今日《こんにち》から見ればごく些細《ささい》な事実さえ、ミケル
の心を打ちのめした。
何日か、あてもなくフィレンツェの街を歩き回った。ちっとも自分を受け入れてくれな

い世の中の仕組みが、恨《うら》めしいし、腹が立ってしようがない。

だがある日、ドナテッロの彫像——市場の古代ローマ風円柱のてっぺんにある、穀物の女神ケレスを見上げていたら、突然、熱い涙がこみあげてきた。

(ちくしょう)

ミケルは人混みの中、突然こみあげてきた涙を必死でこらえた。世の中が悪いんじゃない。世の中には、こんなにすごいものをつくれる人がいて、二十年以上も前にとっくに死んでるというのに、しきりにミケルに訴えかけてくる。

そう、自分もこういうものがつくりたいのだ。こういう仕事がしたい。自分にはこれが一番だと、これほど確信できるのに。

(ギルランダイオの工房《ボッテーガ》に戻って、みんなに頭を下げるしかない。それが「大人になる」ってことらしいから——)

頭の半分ではそう思い、頭のもう半分は、そんな考えを軽蔑《けいべつ》している。

(大人になんか、なりたいと思わない)

ミケルはフィレンツェの街をどうしようもなく歩いた。

フィレンツェはいまも昔も、街そのものがそのままそっくり芸術品のような街だ。その美しい街を、ミケルは歩いた。なにをさがしているというわけでも、誰に会うというあてもなく、ひたすら歩いた。

　ブルネレスキが完成させた花の聖母《サンタ・マリア・デル・フィオーレ》大聖堂《ドゥオモ》の大円蓋《だいえんがい》（円屋根《クーポラ》）は、ヨーロッパ一巨大なだけあって、どんな路地奥からでものぞめ、そのかたわらには、ジョットーの鐘《しょう》楼《ろう》がひときわ高くそびえている。

　ギベルティが旧約聖書の物語をもとに彫刻したサン・ジョヴァンニ洗礼堂の東側のブロンズ大扉『天国の門』は、いつ見てもミケルの身体《からだ》を感動で震わせたし、オルサンミケーレ教会の外壁の壁がん《ニッチ》（くぼみ）には、ギベルティやドナテッロらの十四人の聖人像がみごとにすえられ、サンタ・クローチェ教会の前に立てば、写生したことのあるジョットーのフレスコ画が思われるし、サンタ・マリア・デル・カルミネ教会の前では、ブランカッチ礼拝堂にあるマザッチョのフレスコ画が思われる。

　頭の中には、常にドナテッロの彫像があった。

（どうするミケル、おまえの人生をどうするつもりだ）

　ふとミケルは振り返った。

　サン・マルコ寺院のそばだった。ふいに大理石のにおいがしたような気がしたのだ。石ににおいがあるはずがない。

が、ミケルは振り返った。一台の大型荷車が、遠くに見えた。

いている。

四頭の牛たちは、まさに精根尽き果てたというようによたよたとその頑丈《がんじよう》な荷車を曳《ひ》

荷車そのものも、あまりの荷重にたえかねぎしぎしと悲鳴をあげ続けていた。

やや赤みがかった大理石の塊《かたまり》は、サン・マルコ寺院のそばの大きな建物の中庭に入っていく。やや入ったところで、巨大な車輪が、回転するのをやめた。

(カッラーラあたりの石切り場から到着したのかな)

さっそく中から何人かの石切り職人があらわれ、荷を点検し、おろすための機材をそばに準備しはじめる。そんなようすが、街路につっ立ったままのミケルにもよく見えた。門扉はまだ大きく開け放たれたままで、奥からは――大理石の表面を刻んでいるのだろう、規則正しい鏨《たがね》の音さえ、こつこつと響いてくる。

ミケルは自分を不思議に思った。

(おれってほんとうに変だ。あんな音が、いい音に聞こえるなんて)

大理石を鏨で刻む力強い――それでいて、乾いて澄んだ独特の音は、ミケルの心を妙に騒がせた。聞くだけで心が浮き立つように思える。ギルランダイオの工房《ボッテーガ》でひたすらハンマーをふるっていた日がもう懐かしく思え、ミケルは門に寄り、そっと中をのぞきこんだ。

これほどの大理石を使い、なにがつくられているのだろう。

なるほど、建築中の大きな建物は、正面の装飾部分にふんだんに大理石を用いるようだった。がっしりと足場が組まれた下で、石切り職人たちが黙々と石挽《いしび》き鋸《のこぎり》をひいたり、くさびをうちこんだり、柱頭に鏨《たがね》とハンマーで細工《さいく》をほどこしている。若い職人が漆喰《しっくい》をねったり、さかんに行き交ったりし、いま荷車で到着した男たちは、やれやれと休憩をとっている。一見職人風のミケルが中に入り込んでも、すぐに見とがめられるような雰囲気はない。

　そんなことを確かめたのは、こつこつと大理石を刻むいい音が、もっと奥からも聞こえてくるからだった。なにげなく入って現場を通りぬけ、音の来るほうをのぞきこむと、広い中庭に面し開かれた回廊《ロッジア》に、古い彫刻が置かれている。

（わ、すごい）

　思わず引きつけられて寄っていき、ぐるりと角をまわりこんだ。

　そこは、彫刻、彫刻、彫刻だらけの空間だった。広い中庭をぐるりと囲んだ回廊に、ずらりと彫刻が並べられている。様式も、大理石の種類もさまざまだった。最近鋳造《ちゅうぞう》されたブロンズ像もあれば、浮《う》き彫《ぼ》りもある。なんと、かなり年代を感じさせる大理石の部分物もある。ミケルは息をのんだ。

（ローマで発掘されたものかな）

　だとしたら、いったい何百年前のものだろう。ひょっとして、千年以上前の職人が、こつこつと彫《ほ》り上《あ》げたものかもしれない。

なんとそこには、ドナテッロの初々《ういうい》しい『少年ダヴィデ』ブロンズ像もあった。古代ローマ以来、はじめてつくられた裸体像だ（中世では裸体の像や絵などはきわめて不謹慎とされ、いっさいつくられなかった）。

すでにミケルの眼中にはなかったが、この回廊は、無人ではない。人がたくさんいる。無造作《むぞうさ》に展示してある彫刻群の前に陣取って、模倣《コントラファーレ》しながらこつこつと大理石を刻んでいる若者があちこちに五、六人、素描《そびょう》に取り組んでいるものはぞろぞろいて、じっと彫刻に見入っている人もいれば、しきりに値踏みしている商人風の年輩男たちもいる。

並べられた彫刻に見入っていたミケルはふと我に返り、あれ？　と首をかしげた。

（ここは、なんなんだ？）

中庭の中央には瀟洒《しょうしゃ》な噴水があり、つくりは貴族の邸宅風だが、貴族がくつろげるような場所はどこにもない。雰囲気は、開放的な作業場のようだが、みごとな彫刻がずらりと陳列してあるのはどうしてだろう。また、徒弟《ガルツォーネ》のように見える若者がたくさん座り込んで彫刻や素描をしているが、あきらかに彫刻工房でもない。

（ま、どうでもいいや）

とりあえず、ミケルひとりまぎれこんでも、まったく違和感はない。不思議なことに、気にとめるような人も誰もいなそうだ。

ミケルはおずおずと彫刻の足元に歩み寄った。

(やっぱりおれには、こいつが一番だ)

みごとに彫《ほ》られた大理石の息吹《いぶき》を全身にあび、そして、時を忘れた。


翌朝早く、まだ火のついていないかまどから木炭のかけらをいくつか拾って小袋に投げ入れ、なけなしの小遣《こづか》いで紙を買ったミケルは、例の中庭に駆《か》けつけた。

ミケルは、一日中素描《そびょう》にあけくれた。飯を食ってる場合ではない。ばれたらすぐに追い出される。紙は、たちまち裏も表もデッサンだらけになった。紙を買うだけの金を持っていなかったので、近くでパンを買ってきて、白いところで前の素描をこすり消しては、またその上に描いた。

炭の味がついたパンをかじりながら、三日過ごした。右からも左からも鏨《たがね》を打つハンマーの音が絶え間なく響いて、頭がおかしくなりそうだ。

とうとうミケルは、こみあげる違和感にたえられなくなった。

ほしいのは紙じゃない。

(おれも、彫りたい)

ねらいをつけたのは、最初に迷い込んだ石切り現場だ。誰も見ていないのをよく確かめて、ごろごろころがる大理石の破材の中から、ぴかぴかと白く輝く、赤ん坊の頭ほどの小さい真四角なのを選んだ。

(これがいい。傑作がつくれるぞ)

ものをくすねるのは、生まれてはじめてだ。ひどくどきどきしたが、思ったほど良心は痛まなかった。父が知ったらさぞ嘆くだろう。

すれ違った青年の石工が、ふと訝《いぶか》しんだらしい。

振り向いて、ミケルにたずねた。

「おい小僧、大事に石を抱っこしてるが、どうするつもりだい?」

ミケルはどきりと跳び上がった。

だがここであやしまれてはならない。振り返ったミケルは半分逃げ腰で、必死にへらっと笑いとぼけた。

「さあ、なににするのかなあ」

「まさか、その手の中に握ってるもんで、彫《ほ》ろうってんじゃないだろうな?」

固唾《かたず》をのんだミケルの手の中には、建築現場で拾った足場用の大釘《おおくぎ》と、片手で打ち付けるのにちょうどいいくらいの硬そうな石が握りしめられている。だって、鏨《たがね》やハンマーは手に入らない。嘘《うそ》が苦手なミケルは泣きそうな思いで、さらにへらへらした笑顔をつくった。

「まさかぁ、これで彫《ほ》れるはずないよ」

「彫るのか」

あきれたやつだな、といった面もちで、太い腕を組んだ石工は、いかにも仕事熱心らしい。

強面《こわもて》である。日に焼けたみごとな上半身は裸で、褐色《かっしょく》の肌《はだ》に大理石の白い粉をうっすらとかぶっているのがなんとも精悍《せいかん》だった。とてもとぼけきれそうにない。ミケルは、頭《こうべ》を垂れた。

「ごめんなさい」

ミケルは、情けなかった。出来心とはいえ泥棒してしまった自分が恥ずかしい。これでここから追い出されるのは間違いない。

そして、ミケルの最初の傑作になるはずだったこの石ともお別れだ。それが一番つらい。なんともはかない縁だった。ミケルはうつむいたまま、石の表面を愛《いと》おしむように撫《な》でまわした。

石工の青年は、ふと表情をゆるめた。

「小僧、甘く見るなよ」

「すみません。どうかしてたんだ。あなたたちの目をかすめようなんて——」

「そうじゃねえ。石を甘く見るなと言ってるんだ。未練がましく撫でてないで、貸してみな」

と、ミケルから石を取り上げ足元に捨てた。

そして、破材捨て場に踏み込み、大きな右手でがしりとつかみ上げたのは、赤土にまみれたみすぼらしい大理石だった。どういう切り方をしたのか、底面は長四角、上の面は変形の三角をしている。

絶世の美女と出会ったかのように、石工はほれぼれと石に見入った。

「こいつがいい」

見るからに貧相な石を、石工はそのまま片手でひょいと投げてよこした。かろうじて両手で受けたミケルは驚いた。さっきの純白の石と同じような大きさなのに、ずしりと重い。

「ちょっと削《けず》ってみな」

ほら、と、石工が貸してくれた鏨《たがね》とハンマーを持つと、はじめて持つとは思えないくらい手になじんだ。ギルランダイオの工房《ボッテーガ》で使っていた道具とは雲泥《うんでい》の差だ。

ミケルはためらいがちに、そのすばらしい鏨を、薄汚れた石にあてた。

石もおずおずと鋼《はがね》の刃先を己の肌《はだ》に受け入れ、そのヴェールを脱ぎ去った。

「あ——白い」

ただし、ぴかぴかの純白ではない。

中からあらわれた、ほんのほのかに乳白色をおびた柔らかい光が、ミケルの目に飛びこんだ。

それは、優しく温かい白だった。抜けるような肌《はだ》をした乙女の色だ。

「聖母様《マリア》の白色だ」

この繊細な感性には、石工も驚かされた。

「なるほどねえ、聖母様の白か」

なるほど、と石工はもう一度神妙にうなずいた。

「確かに色も違うがな、なんてったって、肌のきめの細かさが違う。砂でていねいに磨《みが》けば一目瞭然《いちもくりょうぜん》だが、こうするともっとよくわかる」

と、こぼれた乳白色のかけらをつまむと、なんとぱくりと食べてしまった。

なんて丈夫《じょうぶ》な歯とあごだろう。何度かじゃりじゃり言わせた石工は、にこりと舌なめずりした。

「うむ、上等だ」

王侯貴族の宴会で山海の珍味でも味わったかのような、至福の笑顔だった。

ミケルもあわてて、石のかけらをぽいと口に放《ほう》り込《こ》んだ。

驚いたのは石工だ。素人《しろうと》が食べて歯が立つはずがない。

一生懸命かんでみようとしたが、しばらくして案の定、ミケルは顔をしかめた。石工は

笑い出した。

「学問なしのおれ様が、人のことをあれこれ言っちゃいけねえがよ、おまえさん、賢そうに見えて案外まぬけだな。そんなに石が好きか」

ミケルはうなずいた。

大理石のかけらを口の中でころがしながら、もう一度夢中でうなずいた。大理石が好きだ。ミケルの将来は五里霧中で前途はなんとも暗いが、この気持ちだけはいやに明快で、愉快《ゆかい》なほどだった。なんでこんなに大理石が好きなんだろう。やっぱり乳母《ばあや》の乳のせいか？

石工も不思議そうだった。

「なら、なんで親方《マエストロ》にちゃんとした道具を使わせてもらえないんだい？　おまえさん、この奥の庭園で彫刻を勉強させてもらってんだろ？」

「うん、まあ」

あいまいに返事しながら石をはきだすと、石工はうらやましそうな顔になった。

「そうか、まだ新入りか。じゃ、有名になったら、うちで石を注文してくれよな。うちはカエサルが生まれる前からの大理石屋だ。山じゅうさがして、筋目の入ってない最高のを運び出してやるからよ」

「こんな石を？」

「それかい？　素人《しろうと》は、ふつうもっとぴかぴかに青白い、雪色の大理石をありがたがるもんだがな」

「これがいい」

と断言して、ミケルは胸に抱いた大理石をじっと見つめた。瞳《ひとみ》の輝きを見た石工は、突然じれったそうに筋肉質の身をよじった。

「貸してやるよ」

と、ミケルがかかえていた鏨《たがね》とハンマーを、あごでしゃくって指した。

「五寸釘《ごすんくぎ》じゃ、いつまでたっても埒《らち》が明かねえからな」

「でも――」

「ただじゃいかないって？　じゃ、片手をあげて聖母《マリア》様に誓いな。おまえさんが有名になったら、カッラーラの石屋ルチアーノから石を買う」

「なれなかったら？」

「おれに雇われるのさ。おまえさん、いい石工になる」

「なんでわかる」

「わかるさ。石が好くんだよ。おまえさんは大理石と相思相愛だ」

大きな背中を向けかけたルチアーノは、そうだ、と、思い出して肩越しに言った。

「洗うなよ」

ミケルは首をかしげた。

「鏨《たがね》のこと?」

「ばか、石をだ。そいつは彫《ほ》る前に濡《ぬ》らしちゃだめだ。肌《はだ》が締まっちまう」

そうか、だからこんなに汚いままなんだとようやく了解したミケルは、素直にうなずいた。

「わかりました」

ありがとうございます、と頭を下げた。

だが、ルチアーノはもう振り返らない。贅肉《ぜいにく》のまったくついていないたくましい背中が遠ざかっていく。

まわりの石工たちが、ルチアーノを見かけて陽気にあいさつしてきた。聖女ルチアに由来する女性的な美しい響きの名前の持ち主は、どうやら若いながら、ここの現場責任者とか、若棟梁《わかとうりょう》といったところらしい。

ミケルはごっついルチアーノの背中に、あらためて頭《こうべ》を垂れた。こんなに素直な気持ちで誰かに頭を下げたのは、生まれてはじめてだ。

(師匠《ししょう》ってもんは、本気で求めれば、案外、どんなところにでもいるのかもしれない)

ミケルは、彫《ほ》ることに没頭した。

とりあえず模倣《コントラファアーレ》したのは、ローマ神話に出てくる老いた牧神《ファウヌス》の頭部の彫像だ。回廊の一番すみにあって目だたないのがよかった。それに、ひげの感じがちょっと父親に似ている。

だがこの森の精は愚直な父と違って好色で、酒を飲んではふざける困ったやつだ。ふつう上半身は人間で下半身は山羊《やぎ》だが、これは頭部だけで、それもずいぶん朽《く》ちかけている。

うまくいくところもあったし、うまくいかないところもあった。欠けている部分は想像で補うしかない。

それでも彫りはじめた当初、のぞいていく人はみな、この少年は、こんな選び抜かれた上等な大理石を、こんなプロ仕様の道具で削《けず》っているのだから、さぞかし高名な芸術家の大切な徒弟《ガルツォーネ》なんだろうと思いこんだ。

実際、出来はそれほど悪くない。器用なもんだ。

だが、どこかおかしい。ミケルは気に入らない。

あちこち鏨《たがね》でいじっているうちに、いじりすぎてしまった。石を彫刻することは、ひたすら削り取っていく作業である。粘土《ねんど》とは違って、削りすぎたら、もうつけ直すことはできない。素描《そびょう》のようにあいまいに線を引き直すこともできない。

石工のルチアーノのところに走っていった。

「お願いです、もひとつ石をください」

ルチアーノはなんにもきかずに、またとびきり上等の大理石を選んでくれた。石を抱いたミケルは走ってかえって、また最初から牧神頭部にかかった。

しだいにハンマーをふるう手が重くなった。手のひらのまめが、いくつかつぶれて痛くてたまらない。

もうこれ以上いじれないところまで彫《ほ》り上《あ》がると、今度はルチアーノのところに持っていって、見せた。ルチアーノは感心した。この坊主、なかなかやるじゃないか。

「よくできたな」

「でも、なにか違うでしょう。なにが違うんだろう」

教えてよ、と迫られたルチアーノはたじろいだ。

「弱ったな。おれはただの石工だ。石のことにはうるさいが、できあがってくるもんにあれこれけちをつけるなんてできねえよ。親方《マエストロ》には見せたのかい？」

ミケルは表情を曇《くも》らせた。頼りになる親方がほしいと、これほど切実に思ったことはない。

「じつは、ここから追い出されたくなかったからだまってたんだけど、ほんとは、誰の許しも得ずにひとりで入ったんだ」

あれまあ、と、ルチアーノは目をまん丸くした。

だが、なんでまたそんな――と、たずねる必要があっただろうか。ルチアーノはうーむとうなったきり丸太のような太い腕を組み、しばらく考え込んだ。

三度の飯より石が好きなこの少年に、なにを言ってやればいいのだろう。

「わからん。いったい全体こういうものの善《よ》し悪《あ》しは、どうやって測るんだい？　好き嫌《きら》いと、どう違うんだよ？　おれはおまえの牧神《ファウヌス》が嫌いじゃねえぜ？」

「ねえルチアーノ、もひとつ石をもらってもいい？」

「かまわねえが――今度は別のもんを彫《ほ》ってみたら？」

「いやだ」

ミケルはかたくなに首を横に振った。なんだか牧神の顔が、意地の悪いことを言うときの父親に見えたりした。

ルチアーノは新しい石といっしょに、グラディーナと呼ばれる先端が櫛形《くしがた》に広がったのみも貸してくれた。刃先が鋸《のこぎり》の歯のようになっていて、非常に細かく規則正しい条溝を刻み、表面を平らにならす。

だが、満足するものは、簡単には彫り上がらない。

確かに、ますます器用に仕上がった。しだいに彫る手も速くなる。

でも、どこか違う。マントルピースの上に置けばまずまずの飾り物になるだろうが、これでは、人の心は動かせない。

日暮れが近い。

「君は、どこの工房《ボッテーガ》の徒弟《ガルツォーネ》さんだっけ？」

突然背後からふってきた質問は、落ち着いた低い声だった。

ちょっとしゃがれている。

来るべき時が来た。とうとうここを追い出される——と思ったら、無性に悔《くや》しかった。満足できるようなものは、なにひとつできていない。

不法侵入者のミケルは覚悟を決めて、ハンマーを握った手を膝《ひざ》の上に置いた。

「どこの工房でもありません。前に、ちょっと通ったことはあるけど」

おや、と、その貴族はミケルのすぐ背後に立った。新旧ふたつの牧神像を見比べているらしい。

「ここには誰と？」

「ひとりで」

「誰の紹介で」

「紹介状は、ありません」

「紹介状なしで、どうやって入った」

「どうやってって――」

石の粉を頭からかぶったミケルは立ち上がり、すっとまっすぐ改装中の建物を指さした。

「あの――通りに面したところから」

そう言って、はじめてその貴族の顔を見た。

おやおや、と、うれしそうな顔をしている。

当然、怒られて追い出されると思っていたミケルは意外だった。地味《じみ》めの衣服を身にまとった精力的な商人の年は、四十前後か。

ふうん、と、貴族ロレンツォはうなずいた。

「で、どうだい最近調子は？」

と、牧神像を見やる。

まるで、何十年もミケルを庇護《ひご》してきたパトロンのような、きわめて鷹揚《おうよう》とした口ぶりだった。ミケルが彫《ほ》った牧神像と、ミケルの年格好とを見比べ、ロレンツォはうれしそうな顔になった。

「悪くないな坊や」

ミケルは悲しい思いでまた座り込んだ。

手のひらに巻いた布の下で、つぶれたまめが、じんじんと泣いている。

「でも、どこか違うんだ」

「おや、君の頭の中にある完成予想と違ったのかね」

ミケルは自分でもわけがわからなくて首をかしげた。頭の中に完成予想などもともとなかった。しかし——。

「もっといいものがつくれるような気がしたんだ。これじゃあ、ただの置物だ」

ロレンツォはおもしろく思った。

「かなり立派な置物だと思うがね、これじゃ不満か？」

うなずいたミケルの頭に、ドナテッロの彫像がよぎった。あんな作品をつくりたいのだ。ミケルの心はあの彫像に動かされた。あの彫像の前で、ミケルはあやうく泣きそうになった。あんな作品をつくりたい。

貴族は、ミケルの足元にあった何枚かのデッサンを拾い上げ、驚いた顔になった。

「これは君が？」

ミケルはうなずいた。美術造詣《ぞうけい》の深そうなこの人にはわかってもらえるだろうか。ミケルは恥ずかしさをこらえて、思いきって言ってみた。

「僕は、ドナテッロのような、あんな彫像がつくってみたいんです」

「ドナテッロはいいね」

ミケルは思わずロレンツォを見た。

ロレンツォは一人前の大人相手に話しているかのように、まじめな表情でしっかりとうなずいた。

「ドナテッロはどれもすばらしい。そこにあるダヴィデ像もいいし、ジョヴァンニ洗礼堂のマグダラのマリアなんかほれぼれする」

「でしょう?」

マグダラのマリアは見たことがなかったが、ミケルは自分が賞賛されたかのようにうれしかった。

なぜなら、ドナテッロの彫刻は、同時代の人にはあまり高く評価されていない。

「僕は、ドナテッロの彫像なら、百年先の人だって千年先の人だって、大切にのちの世に遺《のこ》そうとすると思うんです」

ロレンツォはひどく感心させられた。

「なるほど。後世に遺る作品――それが君の夢なんだね?」

「違う」

夢という単語は、ミケルの耳に障《さわ》った。

「夢なんかじゃない。大理石から像を彫《ほ》りだして、百年も、千年もこの世に遺るものをつくることは、ふわふわした夢なんかじゃなくて、もっと固い、僕の――」

未完成の牧神像が、ミケルの足元にある。

ミケルは、がっかりした。自分はとてつもなく思い上がっているのかもしれない。こんなに未熟なくせに、ドナテッロの名を口にするなんてお笑いぐさだ。牧神《ファウヌス》の頭ひとつうまく模倣《もほう》できない。

悩めるミケルの横顔は、いかにも悔《くや》しそうだった。

そのうちロレンツォは、ははん、と思い当たった。

「ギルランダイオの工房《ボッテーガ》を追い出された乱暴ものというのは、ひょっとして君のことかな？」

ミケルはむっと唇《くちびる》をとがらせたが、だまってうつむいた。

乱暴——だが天才だと、ロレンツォは聞いた。

血筋だろうか。

「君はドナテッロの親類かなにかかね」

「まさか」

「じゃ、親類で、こういう仕事をしているのは？」

「いません」

声に悲痛なものがあったし、ロレンツォも思わずうなった。この時代としては、とんでもなくめずらしいことである。

「じゃあ、彫刻はむずかしいだろう?」

ミケルはうなずいた。

「でも大理石が好きなんだ——もっとうまく大理石を、彫《ほ》りあげたい」

「なるほど」

いま、裏のメディチ家図書館が改装中で、通りに面した建築現場は大理石だらけだ。そこに迷い込み、偶然このサン・マルコ庭園の優れた彫刻群に出合い、夢中で模倣《もほう》していたわけだ。

(おもしろい)

とロレンツォは思った。そんな気骨のある若い芸術家と出会えないものかと、ロレンツォはこの庭園を何年か前に開放したのだった。

だがロレンツォは、ずっとがっかりさせられてきた。いままでここにあらわれた若者は、みな誰かの推薦状《すいせんじょう》をしっかりと握りしめた優等生ばかりで、みな、それぞれの親方《マエストロ》や、親類の芸術家に似たものばかり器用につくりながら、高く売ることばかり考えている。パトロンの注文通りのものを、すばらしいできばえで仕上げる職人としては合格だった。

だが、ちっとも目新しくない。

現代芸術の感覚とはかけはなれているのだが、中世の芸術家に求められたのはあくまで高い完成度であって、突出した個性はあまり求められなかった。その理由のひとつは、中世の芸術家が、「注文されて、はじめてつくりだす」からだ。売れるかどうかわからないようなものをつくっていられない。つまり、注文を受けられなければ、なにもつくれない。注文を受けることが、何より大切だった。注文を受けるためには、あまり革新的でびっくりさせるようなものばかりつくっていられない。

だから、完成度は高いが、あまり目新しさはないということになる。そしてたいてい、どこどこ工房《ボッテーガ》の出身、という伝統のネームバリューが、作品の価値を決めた。親方《マエストロ》ゆずりの立派な「置物」を自慢げに見せつけられ、いつもロレンツォは食傷気味だった。

（千年先か）

ミケルは長いまつげをやや伏せて、自分の彫像を残念そうにながめている。

ロレンツォも、ローマ時代の遺物と、ミケルの作品をあらためて見比べてみた。

出来は決して悪くない。たとえば、この牧神《ファウヌス》の彫像が動き出して罪を犯したので、指名手配の似顔絵を描《か》いてくれ、と依頼すれば、ミケルの作品以上のものはなかっただろう。細かい特徴までよくとらえてあって、まさに瓜二《うりふた》つだ。

ふと思った。

「これは、何歳くらいの牧神かな」

ちょっと考えたミケルはこたえた。

「四十六」

父の年齢である。

そうだ。この意地の悪い牧神《ファウヌス》はまるで父のように、いまからミケルの生き方にけちをつけようとしているのだ——だからわしがいつもあれほど言っているだろう、おまえはいつもそうだ。自信などないくせに。

いままさにミケルの生き方にけちをつけようとする父の顔が、老牧神にぴたりと重なった。

ミケルは鏨《たがね》とハンマーをもう一度手にした。

とりあえず、削《けず》り落《お》としたのは一本の前歯だ。折れたのではない。歯肉がやせて、大きな歯を支えきれなくなって抜け落ちたのだ。だから歯茎《はぐき》はぽかりとへこんでいる。大きな声で父が説教すると、この穴が丸見えになる。そう、この牧神はいままさに大きな声を出そうとしているのだ。唇《くちびる》をゆがめ、眉間《みけん》に力を込め、自分よりちょっとだけ背の低いミケルを罵倒《ばとう》しようとしている。視線はあくまで下だ。

（父さん）

しがない地方行政官として何十年も働いてきた父に対する複雑な感情を、ミケルはとても口で説明することはできない。だから胸にたまる一方だ。とても重荷になる。

だが、この像を彫《ほ》ることで、大理石の粉とともにミケルのうやむやも、きれいに払われていくようだった。最後に残るのは、きっと純粋な、生まれたての気持ちだけになるだろう。心も軽くなるに違いない。

(父さん、大好きな父さん。もっともっと僕を信頼して、家から送り出してほしいんだ。だめになったらだめになったで、僕はもう自分で責任をとれる。泣き言は言わない)

ミケルは夢中で彫った。不思議なことに、手のひらはもう痛まなかった。どんなにハンマーをふるっても、疲れることはない。もちろん実際には痛いし、疲れるのだが、ちっとも気にならない。

そのうち日が傾いてきた。

中庭にいた男たちはみな三々五々引き揚げていくが、ミケルはいっこうに手を休める気配がない。ロレンツォは従者に指示してたいまつを用意させ、あたりを昼間のように明るくしてやった。

だが、それにさえ気づかないようすで、ミケルは彫刻にうちこんでいる。素人《しろうと》のロレンツォが見ても変な彫り方だった。きっとほとんど自己流なのだろう。

そして、ハンマーをふるう手を休めては、しきりに石の表面を撫《な》でる。まるで盲目の人のような手つきで、起伏具合を手指で確かめている。こんなことはふつうしない。ロレンツォは思った。

（まるで石と話し合って、彫《ほ》り具合を決めてるようだな）

しだいにミケルの顔がいきいきとしてくる。

ジョットーの鐘楼《しょうろう》の鐘《かね》の音が鳴った。

ミケルはとうとう踏ん切りをつけた。

（やっぱり明日の朝、ルチアーノに新しい石をもひとつもらって最初から彫り直そう。もっともっと彫りたい――）

と、一息つき、ようやく顔をあげたのは、あたりがすっかり夜の闇《やみ》に包まれた頃だった。

ロレンツォがすぐうしろでじっと作業を見守っていたことに気づいたミケルは、跳び上がるほどびっくりした。

「いたんですか」

「おもしろい」

ロレンツォは立ち上がると、彫像に近寄った。

「饒舌《じょうぜつ》だ。物語がはじまるよ。まるで、場面や台詞《せりふ》が浮かんでくるようだ。表情がいい。もともとの作品よりも、こちらのほうが断然おもしろい」

中世の彫刻ではまったく失われていた、躍動感がある。

ロレンツォは言った。

「なあ君、どこかの工房《ボッテーガ》に推薦《すいせん》するから、もっとちゃんと勉強しなさい」

ミケルはたちまち、どこかが痛そうな表情になった。

「だめです」

「だめ？　なんで？」

ミケルはますます表情を曇《くも》らせた。おまえはとんでもない悪《わる》だと言った、ギルランダイオの声が、まだ耳の中に残っている。

「きっと僕はまた、工房のチームワークを乱すから」

「乱さないように、努力すればいい」

「できないんです。チームを生かすために、自分を殺すことはできない」

ロレンツォは困惑した。

「しかし、じゃあ君の未来をどうする。師匠《ししょう》なしに、どうやってこれから上達するつもりだ」

「師匠なら、います。この牧神頭部だって、立派な師匠だ。石のことは石工から学ぶ。学べるものからは、なんでも学ぶ」

「そういう学び方をしたいのか」

この一匹《いっぴき》狼《おおかみ》め、と、ロレンツォは小気味よく思った。

「師匠につけば手取り足取り教えてもらえるものを——君の言うほうが、よほどつらくて大変だぞ。学び取る感性が必要だ。自信はあるのか？」

「自信は、ない」

ミケルは悔《くや》しくて、ますます顔を真っ赤にさせた。

なんの自信もない。

「でも、なかったら、どうだって言うんです。自分に自信のない人間は、なにもはじめちゃいけないんですか？」

ミケルは、頭のてっぺんから大理石の白い粉をうっすらとかぶり、怒ったような、泣き出しそうな顔をしている。

「やってみて、それでだめならあきらめます。でもまだ僕は、なにひとつはじめてもいない」

大げさなようだったが、ロレンツォはこのとき、心を打たれて声も出なかった。

あるいは新しい時代の生き方は、しだいにこうなっていくのかもしれない。ロレンツォはミケルの芸術的才能よりも、まずはこの反骨心こそを、愛《いと》おしんだ。

「君、行こう」

ミケルは顔をあげた。ロレンツォはすでにミケルの腕をつかんで立ち上がらせている。

「追い出すの？」

「いやいや、『はじめる』のさ。わたしは君のよき師匠《ししょう》にはなれないが、君に、たくさんの師匠を与えることはできる」

ミケルはあわてた。

「あなたは誰です」

おや、と、ロレンツォは心外そうな顔になった。

「君はサン・ジョヴァンニ（洗礼者ヨハネ）の行列を見物したことがないのかな」

「六月の守護聖人の行列なら、毎年見物してるけど」

「どうせ飾り盾やら兜《かぶと》やら派手な軍旗に目を輝かせて、重たいのをがまんしてそれを身にまとっている男の顔になんか、ぜんぜん関心ないんだろうね」

片目をつぶったロレンツォは愉快《ゆかい》そうに歩き出し、ミケルは青くなった。

この人なつっこい貴族が、ヨーロッパに十六の支店を持つメディチ銀行の頭目ロレンツォだというのか。

「どこへいくんです」

立ち止まって振り向いたロレンツォは、ミケルの両肩に手を置いた。

まだ、誰にもあかすことはできなかったが、ロレンツォの身体《からだ》を、じわじわと病魔がむしばんでいる。

父から遺伝した病魔だった。あるいはこれが、ロレンツォの最後のおつとめになるかもしれない。

時間が、限られた。

「君に、より優れたものを、たくさん見せなきゃいかん」

さあ、おいで——と、ロレンツォが招いた。

この人の期待に、こたえられるだろうか。

ミケルは、一歩を踏み出した。

それが、ロレンツォとの出会いだった。
ミケル、十四歳の春。
ロレンツォ・ド・メディチ豪華王《イル・マニフィーコ》、四十歳。
表向きには、一市民でしかないが、イタリア・ルネッサンスに燦然《さんぜん》と咲き誇る大輪の花
フィレンツェ共和国の、実質的な専制君主——「無冠の王」である。

二

メディチ家本邸——現在のメディチ＝リッカルディ宮殿。

外観は、民衆の反感を買わないよう、城塞《じょうさい》のように簡素である。

だが、ラルガ通り《ヴィア・ラルガ》に面した外門をくぐり、建物の中に入ってからミケルは、声も出なかった。なんという豪華《ごうか》な内装——豪華な調度。幾何学《きかがく》模様の大理石の床。寄せ木細工《よせぎざいく》で装飾された家具。あの窓枠飾りのみごとさはどうだろう。窓にはめられたガラスにはさまざまな色がつけられている。

そして、コジモ（ロレンツォの祖父、フィレンツェの祖国の父《パーテル・パトリアエ》と呼ばれている）の代から集められた膨大《ぼうだい》な美術品のコレクション——金銀のメダル、古硬貨、宝石、みごとなカメオ、タペストリー、舶来《はくらい》の壷《つぼ》、信心像——とにかく、ありとあらゆる贅沢《ぜいたく》な美術品が、あちらこちらに無造作《むぞうさ》に置かれている。

目が回るようだ。

「よかった。晩餐《ばんさん》に間に合ったな」

ロレンツォは侍従《じじゅう》に手早く指示した。

「とりあえず、この大理石の粉を払い落として、客人をこざっぱりしてさしあげてくれ。晩餐《ばんさん》でみなに紹介したい――君、年はいくつかな」

階段手すりにほどこされたみごとな彫刻に見入っていたミケルは、ようやく我に返った。

「十四です」

「どうりで、ジョヴァンニと同じくらいの背丈《せたけ》だ。君、ちょっと胴回《どうまわ》りがゆるいかもしれんが、今夜のところはあの子の服でがまんしてくれるかい?」

あの子――メディチ家の御曹司《おんぞうし》、次男ジョヴァンニ。

のちのローマ教皇レオ十世。

だが、ロレンツォの次男ふとっちょジョヴァンニは、先年枢機卿《すうききょう》に推挙され(正式の叙任は三年後)いまはピサの大学に進み、フィレンツェにいないはずだ。どうしてミケルまでがそんなことを知っているかって? ――メディチ家は、フィレンツェ市民が愛してやまない自慢のロイヤル・ファミリーである。メンバーの動静なら、フィレンツェじゅうの人が知っている。

手早く着替えが終わって、髪に櫛《くし》が入れられた。

ロレンツォは目を見張った。

「君、驚いたな」

着慣れない雅《みやび》な服を着せられておどおどするどころか、本来の持ち主ジョヴァンニよりもよほど見栄えのよい、見違えるほど立派な貴公子が姿勢よく立っていた。ちょっと服の胴回《どうまわ》りがゆるゆるだったが、その凛《りん》とした顔立ちは尋常ではない。がっちりした上半身はぴたりと身体《からだ》に合っている。

ようやくロレンツォは自分の迂闊《うかつ》さに気づいた。

「名前をまだきいてなかった――君の名前は？」

ミケルは落ち着きはらってこたえた。没落こそしたが、自分の名字には、誇りをもつよう十四年間延々と厳しい教育を受けている。

「ミケランジェロ・ブオナローティ」

「ブオナローティ」

ロレンツォは、そこではじめて辣腕《らつわん》政治家らしい表情をかいま見せた。

「以前プリオーレ（六人の高官）のメンバーだったブオナローティ家は、最近までカプレーゼ地方で行政官をやっていたが」

ミケルは神妙にうなずいた。

「父は、キウジ村とカプレーゼ村の執政官をつとめていました」

なんてことだ、と、ロレンツォは額に手をあてた。

「由緒正しい立派な家柄だ。メディチよりよほど古い。以前は、いくつも郊外に農園を持っていた——彫刻をやるなんて、さぞかしお父上が反対されただろう」

「いまも、反対してます」

「無理もないよ、君」

三男四女の子の父であるロレンツォは、ミケルの父に同情して顔をしかめた。

そしてミケルのくわしい住所をきき、とりあえず今日はメディチ宮に泊まると伝えるようにと、従者に指示した。

「最上級の敬意を払ってお伝えしろよ。くれぐれもお父上を心配させたり脅かしたりすることのないようにな」

従者はかしこまって引き下がる。ロレンツォはミケルを食堂に案内した。

「さて、どうやら父上を説得することが、君のためにしてあげられる最初の仕事のようだな。どうしたものか——」

と、大階段のある広間に出たとたんだった。

「ロレンツォ」

細い声の出所をさがすまもなく、ふたりの前にふわりと白いものが舞いおりてきた。さすがのミケルも腰を抜かしそうになった。

(天使?)

天使が、ロレンツォの首に抱きついてきた。

頭に花冠をのせ、白絹のガウンをまとい、背中に純白の羽を持った、正真正銘の天使である。いくら豪奢《ごうしゃ》なメディチ宮とはいえ、天使まで住まわせているとは。

「日暮れまでには戻るって言ったのに」

えもいわれぬ清らかな少女が、愛らしい唇《くちびる》をとがらせて抗議した。羽を揺らしながら階段の手すりを身軽くすべりおりてきたせいか、ほおが赤い。花冠を戴《いただ》く金の巻き毛が、白皙《はくせき》の顔を額縁のように明るく縁取っている。

そしてロレンツォに抱きついたまま、いきなりミケルを見た。

一瞬の敵意。

天使ににらまれるのが、これほどつらいものだとは、ミケルは想像したこともなかった。心が痛んだミケルは、動揺した。

(怒ってる？　——おれのせいで？)

かと思ったら、天使は小首をかしげ、ミケルににこりと微笑《ほほえ》んでみせた。

いやはや、極上の笑みである。花であふれるフィレンツェの五月を思わせる微笑みには、当時随一の巨匠《きょしょう》ボッティチェリもめろめろだった。

だが、ミケルは腹を立てた。

そうは簡単に、ほだされたりしない。

（やな女の子だ）

というのが、ミケル少年の第一印象だった。まず第一に、どんなに美しい笑顔でも、幸せがもたらしたのではない人為的な微笑《ほほえ》みには抵抗がある。

それに、相当ちやほや育てられているらしい。自分の父親をロレンツォと呼び捨てるなんて、父に厳しく育てられたミケルには考えられない。

（なにが天使だ――天使はもっともっと神聖に微笑むものだ）

なんとも色気がなくて申し訳ないが、どうしようもない。もともとミケルは男ばっかりの五人兄弟で、同世代の女の子というものにまったく免疫《めんえき》がない。そのうえ母親も知らないから、女自体が、不可解な生き物である。

天使は、自分の美的魅力がミケルになんの作用も及ぼさないと判断するやいなや、早々に微笑みをひっこめた。

そして、こんなやつ相手にもったいないことをしたと言わんばかりに、ぷいとそっぽを向いた。

「ロレンツォ遅い」

「そうか、しまったな」

と、ロレンツォはまたもや額に手をあてている。くせなのだろう。その顔は、愛娘《まなむすめ》との約束をみごとにすっぽかした父親の顔だった。

「仮装の衣装ができてくるから、今日は早く戻ると約束したっけ――いやいや、君のせいじゃないよ。気にしないで」

と、ミケルに対して品良く詫《わ》びた。

ミケルは肩をすくめた。気にならないし、責任もさらさら感じない。それより、

「よくできてるな」

と、少女の美貌《びぼう》そっちのけで、羽に目がいっている。華奢《きゃしゃ》な曲げ木の枠《わく》に絹をはって本物の白羽根をぬいつけた、とても精緻《せいち》なつくりだ。ミケルはロレンツォにたずねた。

「どこの仕事ですか?」

「ポライウォーロの工房《ボッテーガ》だ。あれこれ無理を言ったが、よくできたな」

「すごいですね」

おそらく聖史を演じる生き絵《タブロ・ヴィヴァン》のための衣装なのだろう。今年も聖ヨハネ祭がせまっている。この天使を見たら、フィレンツェじゅうの人間が感激して涙を浮かべるに違いない。市民を喜ばせるこうした催しものや祝祭に、ロレンツォが金を惜しむようなことはまったくなかった。

ちなみに、ロレンツォの政治のテーマは、

『人は、パンのみに生きるにあらず。町にはサーカスを』

彼は、その時代屈指の芸術家たちを総動員して町の広場を舞台に飾りたて、数々の絢爛《けんらん》

豪華《ごうか》な騎馬槍試合《やりじあい》や仮装祭り、各種スポーツ大会を広く開催し、観客を集め、みなが歌えるテーマソングなどもつくって、必ずフィレンツェの全市民が参加できるようにしたから、みな歓喜にわき、この太っ腹で「豪儀な殿様《イル・マニフィーコ》」を心から愛した。

「どれ、もっとよく見せておくれ」

と、ロレンツォは首に抱きつかせていた少女を床におろし背中を向けさせ、ミケルにもっとよく羽の構造を見せようとした。

このロレンツォの行動に、天使はひどく腹を立て、いきなりするりとひもをほどいて、背中の羽をふわりと脱ぎ捨てた。

「わ」

背後にいたミケルはあわて、両手でかかえるようにして、羽を受け止めた。

天使――だった少女は振り返り、自分より若干背の高いミケルをにらんだ。

「なんの天才？」

甘い顔立ちのわりには張りのある声に、ミケルは押された。

「なに？」

「ロレンツォがここに連れてくるくらいだもの。まだ半人前のくせに、なんの天才なの？」

おまえだって、まだ子どもだろうと言いかけたミケルがこたえに窮《きゅう》すると、かわりにロレンツォが愉快《ゆかい》そうにこたえた。

「それが、まだわからんのだよ」

なんとも楽しげな声音だった。ミケルからは確かに天才肌《はだ》のにおいがするが、なんの天才になるか、計りしれないようなところがある。

ところが、その笑顔が、ますます天使の癇《かん》に障《さわ》ったらしい。羽をかかえたままのミケルに近づいてしげしげと見つめると、突然右手をつかんだ。

「石工か」

そしてその手を、そのまま自分のバラ色のほおに押しあてた。

そのままゆっくりと、天使はミケルの手を導いた。年のわりには大きくごつい手が、少女の顔の上を移動していく。天使は目を閉じた。くぼんだ眼孔《がんこう》に、絹のようなまつげ。ほお骨は高すぎず、細い鼻梁《びりょう》が中心をすんなりと通り、耳の下から首にかけては、薄い肌の下の小さなあごの骨を、はっきりと感じた。そして形容しがたいほど赤い唇《くちびる》。

ミケルの手が震えた。ついさっきまで大理石をいじっていた無骨な手には、あまりにも柔らかく温かい感触だった。

天使が目をあけた。

「僕を、彫《ほ》らせてあげようか」

うっとりと目を細め、堕天使は微笑《ほほえ》んだ。

ものも言えないでいるミケルの頭に、ぽいと花冠をのせ、もう一度うれしそうに笑った。

僕の勝ちだね、と、言わんばかり。

「じゃ、気後れしないで、言うんだよ。いつでもモデルになってあげるからね」

ミケルはあやうくその場に羽を取り落とすところだった。

(少年——?)

「着替えてくる」

天使はすたすたとモザイクが美しい廊下を歩いて去った。ロレンツォは紹介もできなかった失礼を詫《わ》びた。

「あとで食堂でひきあわせるとしよう。根は愛すべきいい子なんだが、いったん機嫌《きげん》を損じるとなかなかむずかしくてね——ほんとうに困った坊やだ」

あぜんとしているミケルの頭の上の花冠をとって、従者に渡した。そしてミケルの髪に散った花びらを一枚一枚ていねいにつまみとった。

「さあ行こう」

ふたりは連れだって廊下を歩いた。

ミケルはまだぼんやりしている。

「だがね君、考えてみれば、あの子が自分からモデルをやるなんて言いだしたのははじめてのことだな。ボッティチェリも、あの子には何度も門前払いを食わされて泣かされているんだ。君、やはりやるな。たいしたもんだ。もう巨匠《きょしょう》たちを一歩リードしたぞ？」

と、うれしそうに肩を叩《たた》かれたミケルは、顔を赤らめた。

（なんだ、あんなやつ）

一瞬でも彼の美貌《びぼう》に魅入《みい》られそうになった自分が、なんとも恥ずかしかった。あんな得体の知れないやつ、誰が彫《ほ》るものか。

「僕は、石工じゃない」

腹が立ってしようがない。

ミケルは思い出そうとした。このロレンツォには、確か、三人の息子がいるはずだ。長男の跡継ぎピエロは、ミケルよりもいくらか年上の冴《さ》えない男だ。次男が先ほど話が出たふとっちょジョヴァンニ。ミケルと同い年で、いまはピサ大学に行ってて不在。

（すると、さっきの天使――いや、小悪魔は、三男のジュリアーノか？）

「三男のジュリアーノだ」

と、食堂でロレンツォが紹介したのは、優しげな、さっきの少年とは似ても似つかない賢そうな少年だった。

にっこり微笑《ほほえ》んだ。

「よろしく」

のちに、メディチ家の戦う「頭脳」として、共和政フィレンツェにクーデターを起こし、追放されたメディチ家をみごとに復活させる英才である。

（じゃあ、あの小悪魔は、いったいロレンツォのなんなんだ？）

ミケルは腑《ふ》に落ちなかった。不遜《ふそん》にもロレンツォを呼び捨てにしてたのに、息子でないとは。

ロレンツォは、この時代の殿様としては大変めずらしく、愛人というものに縁がなかったから、庶子《しょし》でもないはずだ。

さて食堂には、メディチ家の家族のほかにも、学識の高そうな客人が何人もいた。オスマントルコに滅ぼされた東ローマ帝国から亡命してきたらしい学者もいた。ロレンツォのサロンの賓客《ひんきゃく》なのだろう。

この、当時の文化世界の中でも比類のない人々の集まりに向かって、ロレンツォはミケルを紹介した。

「諸君、こちらはミケランジェロ・ブオナローティだ。今夜から我が家の一員だ。よろしく頼む」

と、ぺこりと頭《こうべ》を垂れた。

ミケルはびっくりしてしまった。その日会ったばかりの名もない少年のために、頭を下げる一国の殿様なんて、聞いたことがない。

だが、ロレンツォがこういう道楽をするのは、それほどめずらしいことではないらしい。

なにしろ「豪儀な殿《イル・マニフィーコ》」である。

知的サークルのメンバーは、みな驚くようすもなく、静かにうなずいた。

「よろしく、ミケランジェロ」

ロレンツォの客人たちもさすがだった。何ものとも知れない十四歳のミケルを、自分たちの新しい仲間として、粛々と迎え入れたのである。

ミケルの席は、ロレンツォのすぐ左隣に設けられた。おずおずと座ったミケルは、すぐにみごとな銀食器やガラスの器に目をとられた。

「それはマイオリカの陶器《とうき》だ」

と、さっそくロレンツォが絵付きの大皿を指して教えてくれる。

ロレンツォという殿様は、とにかくこうして細やかに心を遣《つか》う人間だった。このものちも、まるで母親のように気を配りながら、ミケルの世話をあれこれ焼くことになる。ミケルは複雑な人間関係の中でうまくたちまわるのが苦手なたちだったが、このメディチ宮では、煩わしい思いに悩まされることはほとんどなかった。すべては、ロレンツォの気配りのおかげである。

「フォークはわかるかな」

最新の食事マナーである。庶民《しょみん》にはまだ行き渡っていない。

だが、ミケルはなんということもなくうなずいた。

実際ミケルは、フランス大使などよりもよほど優雅《ゆうが》に銀のフォークを使いこなした。ロレンツォは感心し、うれしがった。

「父上に感謝しなさい」

ミケルは素直にうなずいた。余裕のない生活をしているくせに、父がいつまでも古い家柄の体面にこだわり、こうした行儀作法にうるさいのを、ばかばかしく思っていた。

だが、おかげで、恥ずかしい思いをすることもない。

(メディチ家の使いから話を聞いて、父さんどう思っただろう)

父のことが、しきりに思われる。

小悪魔が、食堂にあらわれたのは、しばらくたってからだ。

うってかわって、すらりとした身体《からだ》にぴたりと合う濃紺《のうこん》の服を着ている。裾《すそ》には精緻《せいち》な金の刺繡《ししゅう》。

ロレンツォが紹介した。

「甥《おい》のジュリオだ」

ああ、そうか、と、ミケルはすぐに納得した。

なんで気がつかなかったのだろう。

小悪魔ジュリオは、十一歳。

ということはつまり、ロレンツォが誰より愛した実弟、『フィレンツェの華《はな》』と呼ばれ市民に愛された貴公子ジュリアーノが、兄ロレンツォの目の前で殺されるという惨劇《さんげき》が起きてから、もう十一年たったことになる。

ジュリアーノを殺したばっかりに、パッツィ家がたくらんだクーデターは、あえなく失敗した。聖堂で静かに祈りを捧《ささ》げていた『フィレンツェの華』を、二十数か所の無惨な刺し傷によって失った市民の怒りは、あまりにも大きかった。

貴公子ジュリアーノの、一番美しい季節だった。彼は二十五歳で、まだ独身だった。だが何人も恋人がいて、遺児をたったひとり残した——それがジュリオだ。

庶子《しょし》ジュリオは、父の死の数か月後に生まれた。ジュリオを産んだ母も、この産褥《さんじょく》で命を落としている。

だからジュリオは生まれながらにして父も母もないし、もちろん兄弟姉妹もない。

しかし、陰はない。

ジュリオは、当然のように今夜も伯父《おじ》ロレンツォのすぐ右隣に座った。みなを待たせたというのに、詫《わ》びるようすは毛頭ない。ロレンツォは愛する弟の忘れ形見に優しく微笑《ほほえ》んだ。実の息子たちよりも、自分のほうがロレンツォに愛されているという自信に満ちた表情——幸せに満ちた表情が、端正なジュリオを、より輝かせた。これにはどんな豪華《ごうか》な調度も、かなわない。

ようやく、にぎにぎしい晩餐《ばんさん》がはじまった。


その夜、世にも美しい天使の夢を見た。

にやにや笑って、ミケルを手招きしている。誘っているのだ。なんともいやらしくそれでいて美しい雰囲気に、ミケルはうなされた。こんな夢、見たことがない。

(聖天使じゃない。あいつは、ほんとうに小悪魔なのかも)

翌朝、絹のシーツの上で目を覚ましたミケルは、一瞬自分がどこにいるのか思い出せなくて面食らった。

壁の一番天井に近いところには、ぐるりと、古代のレリーフを模倣《もほう》した帯状装飾《フリーズ》が描かれている。

(寝てる場合じゃないぞ)

ベッドを出て備え付けの洗面室に入ると、水たらいの脇《わき》に、なぜか硬いチーズが置いてあった。

(朝飯――?)

ではない。

これが噂《うわさ》に聞いた「シャボン」だと気づくまで、しばらくかかった。泡《あわ》を立ててしばらく遊んでみたが、手のひらのまめがつぶれたところにひどくしみたので、早々に切り上げた。においもなんだか変だ。なんだか豚油みたいなにおいがする。

それから、とるものもとりあえず一散に走っていった先は、例の図書館の改築現場だ。

雲ひとつない青空。

敷地内に建てられた麻布ばりの宿舎小屋から、ルチアーノの雄々しくがっちりした身体《からだ》があらわれたのを見て、ミケルはなんだかほっとした。人間があるべき正しい姿を見たような気がする。

オレンジをかじりながら歩いていたルチアーノは、ミケルを見つけ、陽気な大声をあげた。

「よう、どうした小さな親方《マエストロ》。やけに早いな。新しい石かい？」

「違うんだ、聞いてよ」

ミケルがメディチ宮の一員に迎えられた昨日の一部始終を話すと、ルチアーノは、跳び上がらんばかりに喜んでミケルの頭をくしゃくしゃにした。

「やったな。めげずにがんばったかいがあった」

「ルチアーノのおかげだよ。ほんとうにありがとう。これからも、いろいろ教えてください」

「よせやい」

でれでれに照れたルチアーノは、日に焼けた顔をほころばせた。

「よかったな坊主」

ミケルもうれしかった。浮かれたつような思いだ。久々にフィレンツェの青い空を見上げたような気がする。これで自分の未来もひらけた。父を安心させることもできる。思わずのびやかな声が出た。

「うん、ほんとによかったよ。夢みたいだ」

ところが、ルチアーノはふと、いままでミケルが見たことがない、まじめな顔になった。

ルチアーノにこんな深刻な顔ができるなんて思いもしなかったミケルは驚いた。

「なに？」

「いや」

ミケルは、自分が人づきあいが不器用だということをいやというほど知っている。だからたちまち不安になった。なにか、気に障《さわ》るようなことでも言ってしまっただろうか。それとも、ミケルをやっかんだとか？　――まさか。

「どうしたの？」

「あのなあ」

ルチアーノは言おうかどうしようか、ちょっと迷ったようすで顔をこすった。

「おれが、小さな友人の幸運をうれしがってばか喜びするのはいいさ。だが、おまえさん、ずいぶんのんびり浮かれてるんだな」

ちょっと座りな、と、ミケルを近くの大理石材の上に座らせた。

訥々《とつとつ》と語った。

「うれしがってるおまえさんを、いじめたいわけじゃない。だがな、貴族様なんてのは、気まぐれなもんだ。そりゃ、ロレンツォ様は並の貴族とは違う立派なおかただが、それでも、おまえさんを拾ったのは道楽にすぎない。たとえロレンツォ様の気持ちが変わらなくたって、このイタリアじゃいつなんどきなにがどうなるかわからない。あのお気の毒なジュリアーノ様のようによ」

ミケルは幸せな夢から覚めた気分になった。確かに、自分の将来はまだロレンツォしだいでどうなるかわからない。

ルチアーノは隣に腰をおろした。

「なあ、おれは、おまえさんがここでひとりでがんばっていたのを知ってるから、あえて言うんだぞ。大変なのは、これからだ。ロレンツォ様に目をかけられたこれからが、ほんとうに大変なんだ。正念場だ。足を引っ張ろうとするやつだって、わんさと出てくる。うっかりぼんやりして、これまでの苦労を台無しにするんじゃないぞ」

ミケルはうなずいた。

そうだ。浮かれてる場合じゃない。ロレンツォが目をかけてくれているうちに早く成果をあげ、ちゃんとひとり立ちしなければ。

「わかった」

「わかったら、こんなところでおれなんかと遊んでないで、早くお邸《やしき》に戻るんだ。そう、その手のまめも、ちゃんと手当てしてもらうんだぞ。メディチ家はもともと薬屋だったんだからな」

さあ行け、と促す太く優しい声に、ミケルは思わず涙ぐみながら頭を下げた。

やっぱり、ひとりでいるより、誰かがそばについていて、はげましてくれたほうががんばれる。そんなあたりまえのことが、いまさらのように思い知らされた。

母親がいれば、こんなふうだろうか。

「ありがとうございます」

「よせって。偉そうなことを言って悪かったよ」

「ううん、ほんとうにありがとう」

「変な小僧だ」

ルチアーノはおかしそうにミケルの頭を撫《な》でた。

「おまえ、変わってるぜ。見かけはこんなにちびだが、中身は立派な一匹《いっぴき》狼《おおかみ》だ。ふつうはもっと群れて楽しみたい年頃なのに、ひとりで必死につっぱってる。なのに、ただの石工のおれに、きちんと頭を下げたりもできる。ちぐはぐなやつだから、応援したくなるのかな。おれにもおまえみたいな時代があったよ」

さて、と、ルチアーノは立ち上がった。

ちょうど朝日をさえぎられたミケルは、逆光の中のルチアーノを見上げて息をのんだ。鍛え上げられた身体《からだ》の線は、まるでギリシア神話の男神を思わせる。

「おれは、ばかでね」

ルチアーノは照れたように耳のうしろをかいた。

「むずかしいことは、なんにもわからん。だが、こと石のことなら、誰にも負けねえよ。石のことなら、いつでもきいてくれ。どうやら今年いっぱいは、この現場にいるようだからな」

ミケルは、全然別のことを考えていた。

「いつか、ルチアーノを彫《ほ》ってみたい」

「モデルか？　おう、そんなことならおやすいご用だ」

大喜びしたルチアーノは、やおらたくましい両腕を振り上げ、優雅《ゆうが》で、それでいて、いかついポーズをいくつかとってみせた。ミケルは笑いもせずにほれぼれと見入った。

最後に、みごとに三つに割れた腹筋をルチアーノが叩《たた》くと、堅く締まった鈍い音がした。

「好きなように彫《ほ》りな。この腹が、うちのおやじさんみたいにたるみだす前にな」

ミケルは目を輝かせた。

「約束だよ？」

「おう、約束だ。そっちこそ忘れないではげめよ。おれは腹を鍛えながら何年でも待ってるからな」

わかった、と真剣な表情でうなずいたミケルを、がんばれよ、とルチアーノはイタリア式にぎゅっと抱きしめてやった。

「お、シャボンだな？　いいにおいだぜ」

にやりと不敵な笑みを浮かべ、ルチアーノは背中を向けた。現場に向かうのだろう。大きな大きな背中が揺れながら遠ざかる。

（このにおいが？）

思わず自分の手をかぎながらも、ミケルは、いつまでも目を離せなかった。なんとみごとな造形美だろう。

あの筋肉質の背中を完璧《かんぺき》に彫り上げるとして、いったい何本の鏨《たがね》の先が、だめになることか。

（大変なのは、これからだ）

ロレンツォも、そう思っている。

これからの二、三年——もっとも感受性が強く、大切なこの時期が、ミケルの将来を決めるのは間違いない。

なのに、ミケルは、特定の師匠《ししょう》は持ちたくないと言う。

（伝統的な工房教育は、肌《はだ》に合わないのだろう。確かに閉鎖的な社会だし——ミケルに、徒弟修業とは違った、自由な修業をやらせるのは、あながち間違いではないかもしれん）

だが、なんといってもまだ十四だ。

進み具合をそばで見守ってやるものくらいは、必要だと思った。

（わたしが自分で毎日見てやれれば、それに越したことはないがなあ）

当時、イタリア半島には、五つの列強がひしめきあっていた。すなわち、ここフィレンツェ共和国、ローマ教皇領、ヴェネツィア共和国、ミラノ公国、ナポリ王国だ。このほかの小国のいざこざもふくめ、いまだ多事多難である。

が、イタリアは、なんといっても地上でもっとも富める地だった。フィレンツェだけで、イギリス一国の生産量を軽く上回ったし、メディチ銀行が気前よく融資しないことには、どの国も戦争ひとつはじめられない。

だからドイツ、フランス、スペインの、いまだ中世の夜が明けきらない王国は、たえずイタリア諸国間につけいるすきをねらって、よだれを垂らさんばかりだった。

(手出しはさせない——イタリア五列強の間でもめ事を起こすことは、ぜったいに許されない)

絶妙の調停役ロレンツォがいてこそ、一四五四年以来の『ローディの和』が保たれ、五列強はみごとなバランスで調停されていた。いわゆるロレンツォの均衡政策というやつである。

この数十年の緊迫した平和の中で、ルネッサンス文化の花がみごとに開いていた。

つまり、ロレンツォはあれこれ多忙である。

いくらミケルの成長が楽しみとはいえ、そうしばしば見てやるわけにはいかない。

それでなくてもやっかいな病気をかかえている身だ。

(むずかしい人選だな。誰がいい?)

むずかしいが、楽しくもある。

彫刻家ベルトルド・ディ・ジョヴァンニが、呼び寄せられた。

すでに七十に近い老齢ではあるが、人柄が温かく、なんといっても、ミケルの敬愛するドナテッロの愛弟子《まなでし》だった人物である。ドナテッロの技法に誰より精通している。

楽隠居を決めこんでいたこの老ジョヴァンニを、ロレンツォは、サン・マルコ庭園の管理人《クストーデ》として無理を言って高給で雇い入れ、ミケルの相談役として進み具合を見てくれるように懇願した。

老ジョヴァンニは、ロレンツォの気持ちを理解し、すばらしい形で依頼にこたえた。孫の年齢にあたるミケルの自己流の彫《ほ》り方も、あえて直そうとはせずに、じっと見守った。

「ふむふむ、これはいいね。これはいい」

と、いいところをいくつも見つけては、なぜよいかを彼なりにじっくりと説き、惜しみなくほめた。

一方ロレンツォは、多忙の中で暇を見つけては、ミケルをあちこちに連れてまわった。郊外に点在するメディチ家の別邸《ヴィラ》や、フィレンツェじゅうの教会、公共建築物はもちろん、ほかの名家の邸宅《パラッツォ》にも理由をつけておじゃましては、ミケルにどんどん優れたものを見せ、場合によっては模写させた。

このような手段によって、ミケルははじめて、ロレンツォのまたいとこの別荘《ヴィラ》の寝室に飾られている、ボッティチェリの代表作『春《プリマヴェーラ》』を見ることができた。

しばらく前に描《か》かれたばかりである。ロレンツォがまたいとこの結婚祝いのためボッティチェリに発注したのだ。

あまりの華《はな》やかさに、ミケルは口をあんぐりあけたまま床に座り込み、何分か声も出なかった。

「なんて華《はな》やかなんだろう」

「花の女神《フローラ》のモデルは、フィオレッタ・ゴリーニだ。わかるかい?」

ぽかんとしたミケルに、ロレンツォは微笑《ほほえ》んだ。

「ジュリオの母親だよ。もっとも他の女だったという話もある。ボッティチェリはわたしの悪友の中でも一番の色男でね」

反対側の壁には、同じくボッティチェリの代表作『ヴィーナスの誕生』がかかっている。

ゴージャス、などということばでは、とてもこの寝室の空気を形容できない。

この世ならぬ乙女のかんばせ
色好むゼフュロスの風に岸辺へと運ばれ
貝殻に立つ乙女の髪は乱れたり
天の神の喜びなるかな

『ヴィーナスの誕生』のもととなったポリツィアーノの詩(関根秀一訳)

美術館も、画集もない時代である。優れたものを見て目を肥《こ》やそうと思ったら、こうしてこちらがせっせと歩き回らねばならない。

こうして、ミケルの修業が本格的にはじまった。

ある日。

素描《そびょう》にはげむミケルの横で、これ見よがしに安楽椅子《いす》にごろごろしているのは、猫ではなく、例によってジュリオである。

さあ、描《か》けと言わんばかりに、あちらこちらに寝返っては、ミケルのようすをちろりとのぞき見る。

だが、ミケルは一心に紙に向かっていて、横顔しか見せない。メディチ宮での生活に慣れてくるにつれ、ミケルの線には、あせりが出てきた。早く上達して、ロレンツォの期待にこたえたい。

いま模写しているのは、この部屋の暖炉《だんろ》を飾る、ベルトルドのブロンズ浮《う》き彫《ぼ》り『騎馬戦士たちの戦い』。

三世紀頃のローマの石棺《せっかん》を思わせる洗練された様式で、ひしめきあう戦士たちがダイナミックな戦闘場面を再現している。ミケルはこの浮き彫りがぞくぞくするほど好きだった。

業《ごう》を煮《に》やしたジュリオが、とうとうふっかけた。

「なんで僕を描《か》かないのさ」

ミケルは目もくれなかった。

「描かない」

こんな失礼な絵描きを、ジュリオはいまだかつて見たことがない。

「じゃいつになったら描くの」

しばらくしてから、こたえが返ってきた。

「描かない」

「なんで」

チョークを走らせながら、ミケルは眉間《みけん》を曇《くも》らせた。うっとうしいなあ。

「ジュリオは、だめだ」

「なにが？」

「うるさいな」

あっちに行けと追い払いたい気持ちを、ミケルは必死でこらえてチョークを握りしめた。

それでなくてもこのすばらしくきれいな顔が同じ部屋の中でちらちらしていると、集中できたものではない。

メディチ宮には、ジュリオの亡父ジュリアーノを偲《しの》んで、ジュリアーノの美麗《びれい》な肖像画があちらこちらにかけられてある。この部屋にも一枚ある。

巨匠《きょしょう》ボッティチェリも、亡きジュリアーノを好んで描《か》いたひとりだ。ジュリアーノが殺害されたあとも、美しかった彼を偲んで何枚も描きあらためては、最愛の弟を失って傷心のロレンツォに献上した。

ミケルは思う。ジュリアーノはいかにも好男子で、美男子だ。

だがジュリオの美貌《びぼう》とは、ちょっと美しさの質が違うような気がする。

(ジュリオは、もっと人を挑発する)

ふと、石けんのにおいが間近でした。

ジュリオの顔が、いつのまにか、すぐ隣にある。

「なに描いてるの」

ぺたりとふれあわんばかりに寄せられたほおに、ミケルは身をのけぞらせた。

「よせよ」

なにを？　と小首をかしげてミケルを流し見たジュリオの笑顔が、ミケルのすぐ目の前にあった。例によって、美しい瞳《ひとみ》が誘っている。ミケルは思わず身構えた。

(おれはぜったい、ほだされないからな)

状況はあやうい。

この小悪魔的で、はた迷惑な性格を差し引いても、ジュリオはとても魅力的だ。もちろん描《か》いてみたい。というより、すごく描いてみたい。描くことが好きな人で、ジュリオを描きたくないなんて人は、まずいないだろう。

なんでも巨匠《きょしょう》ボッティチェリは、ずいぶん以前からジュリオを描きたくてならないらしい。

むろん、写真などない時代だから、描くなら、ちゃんと前に座ってある程度デッサンしなければばならない。だがジュリオがちっともじっとせずに逃げ回るので、困っているという話を、ロレンツォから聞いたところだ。

（ばかだな、ちやほや甘やかして育てるからだ）

ミケルはまたチョークを紙に置いて、まじめにデッサンを続けようとした。

だが、ジュリオはそばを離れようとしない。

あなたの肖像画を描かせてくれ、と、意地でもミケルに言わせたいのだ。これ以上自分を無視するなんて、許せない。

「知ってた？　僕はミケルをやっかんでるんだよ？」

「知らなかったし、知りたくもない。おれには関係ない」

「でもロレンツォがミケルにかまけて、僕の――」

「呼び捨てにするのはやめろ」

ミケルは腹立たしかった。何度言えば改めるんだろう。

「自分の伯父《おじ》さんを呼び捨てにするなんて——おれの伯父貴だったら、ぶん殴《なぐ》られるところだ」

「伯父さんて呼ぶさ。もしロレンツォが、そう言って僕を叱《しか》ったらね」

ロレンツォが僕を叱るはずがない——と、ジュリオは自信たっぷりな表情をした。

ロレンツォがどれだけ甥《おい》のジュリオを溺愛《できあい》しようが、ミケルはいっこうにかまわない。

だがこれではとても集中してデッサンできない。

なんでジュリオはこの部屋から出ていかないんだろう。

「そんなに誰かに描《か》いてほしいなら、ボッティチェリの親方《マエストロ》にでも描いてもらえばいいじゃないか。モデルになってほしいって頼まれてるんだろう？」

「あいつが男色《ソドミイ》だって知ってて、そういうこと言うわけ」

「おれが男色じゃないって、誰か保証してくれる人でもいたのか？」

ジュリオは笑った。

「もしミケルがそうなら、僕はとっくにこの床に押し倒されてるよ。いまごろもう百回くらい愛を交わしてるころかな？」

けろりと言った。

ミケルはあやうくチョークを取り落とすところだった。

(自分が言ってる意味がわかっているのか?)

こいつ、やっぱり小悪魔だ、と、頭に念じた。

「ジュリオは、描《か》かない」

ミケルは、最初の最初にジュリオを見誤った。絵画にしろ彫刻にしろ、人間を表現することをめざす自分が、よりにもよって、男と女という、基本中の基本を見誤るなんて、ぜったいにあってはならないことだ。

はじめて会ったときのことを思い出すたびに、自分の目を惑わせたジュリオの罪深い美《び》貌《ぼう》が腹立たしいし、自分の未熟さが悔《くや》しくてならない。

「もうあっち行ってろ」

と、追っ払った。

こんな思いやりのない行為を、ミケルが比較的平気でできる理由はごく簡単——ミケルが狭い家の中で、五人兄弟の二番目として育ったからだ。年の近い兄弟の間でいさかいごとはしょっちゅう起こる。何回追い払おうが、たいした意味はない。

だが、ジュリオには、天と地がひっくりかえるほどの衝撃だった。

(僕を、追い払った)

ジュリオを追い払った人など、かつて存在したことがない。追い払うような人が地上に存在するなんて、考えたこともなかった。

（僕を、追い払うなんて——）

貴公子ジュリオにとって、芸術家の卵ミケルが、唯一無二の、特別な存在になった瞬間だった。


そうこうしながら日を過ごしているうちに、ミケルは、デッサンすることがだんだん苦痛になってきた。

こんなことは、生まれてはじめてのことだった。ちっともチョークが動かない。銀筆にかえても同じことだ。大理石を彫《ほ》ろうとしても、思い切りよく鏨《たがね》が打てない。

（まいったな。どうしたんだろう）

ジュリオのせい——ではない。あせりが出たのだ。これだけよくしてくれるロレンツォの期待にそろそろこたえなくては、と、思い詰めたのが、裏目に出た。

ロレンツォとしては、ミケルの将来を楽しみにしているとはいえ、まさか十四や十五でそうそう傑作を創作できるはずがないと思っている。当然だろう。それほどせっかちではない。ミケルのことは、長い目で見守っていくつもりだ。

だが、親の心子知らずで、ミケルとしては、一日も早くロレンツォの期待にこたえたかった。それもちゃんとした形でこたえたい。ロレンツォを驚かせるような、すばらしい作品を早く見せたい。

あせりが、線にあらわれた。

ミケルは創作できなくなった。

いいものをつくりたいと思えば思うほど、手が動かない。

(やっぱりおれには、才能がないのかな?)

だが、ここで投げだしたら、あの老牧神の習作が一番の傑作ということになる。そんなこと、ミケルにはとうてい納得がいかない。

しかたなくひたすら模写にあけくれたが、これさえも苦しい作業となった。

(こんなまねごとをやっていて、ほんとうに腕があがるんだろうか)

ここメディチ宮や、フィレンツェ近郊カレッジにあるメディチ家の別邸《ヴィラ》には、ほとんど毎日この時代を代表する才人たちが集まって会話を交わす。

ロレンツォ豪華王《イル・マニフィーコ》に招かれ、各方面からはるばる集《つど》った人々の、このアカデミアでの会話は刺激的だった。ミケルは、ひんぱんに引用されるラテン語もギリシア語もわからないし、プラトンだの人文主義《ユマネジモ》(ヒューマニズム)だのと言われてもちんぷんかんぷんだったが、ロレンツォに、できるだけ参加するように言われていたので、紙とチョークを持って、彼ら文人たちの横顔をデッサンしながら耳を傾けている。

特に、オスマントルコが三十六年前――一四五三年に滅ぼした東ローマ帝国の学者たちは、祖国を失いイタリアに亡命してきたわけだが、当初船が到着したヴェネツィアでは、誰にも迎え入れてもらえなかった。ロレンツォは、行くあてのない彼らを丁重《ていちょう》にフィレンツェに招き、彼らからおおいに学んだので、その後もビザンティウム（コンスタンティノープル、現在のイスタンブール）から亡命してきた学者たちは、ほとんどみなフィレンツェに頼った。

その結果、西方ではとっくに失われてしまったが、東ローマ帝国の修道院書庫で何世紀にもわたって温存されてきたヘレニズム文明が、フィレンツェに続々ともたらされた。多くの貴重なギリシア語の手稿の中には、ポリス時代の文献――たとえば、ホメロスの詩篇《しへん》のギリシア語原典や、プラトンの原典など――そして、初期キリスト教のギリシア教父たちの教えもあった。

しかし怒濤《どとう》のように流れ込んできたこれらの文献を、そのまま再び修道院の書庫に眠らせなかったのが、メディチ家の偉いところだ。

私費を投じて建てた大図書館で、これらの文献をすべての人に開放した。そして、この古典古代の文献の翻訳を奨励し、そしておおいに内容を研究するために設立されたのが、かの名高いプラトン学院《アカデミア・プラトニカ》である。研究者を集め、育てたのだ。

「要は、しがらみから、解き放たれたいんだよ」

と、ロレンツォは愉快《ゆかい》そうに説明してくれた。

「みな、よき古代ローマの時代と、このわたしたちの時代とが、真ん中に横たわる一千年によって断絶されていると感じている。この中間の時代（中世）から解き放たれたくて、ああでもないこうでもないと、プラトンを議論しているんだ」

中世スコラ哲学や、迷信的信仰の束縛から離れて、自由になりたい——それが、このプラトン学院《アカデミア・プラトニカ》に集《つど》う知識人たちの願いである。

だが、そんな新しい風潮に、異議を唱える勢力もある。

特に、キリスト教会の中でも、熱狂的で、戦闘的な托鉢《たくはつ》教団ドメニコ修道会は手厳しかった。

清貧生活を旨とする彼らの目には、教会勢力をないがしろにする大商業都市フィレンツェの空気が、あまりにも退廃的かつ享楽的で、許しがたかった。

神の啓示を受けたひとりの若いドメニコ会僧侶《そうりょ》が、預言めいた説教をはじめたのはこの頃だ。

僧侶の名は、サヴォナローラ。

「フィレンツェは、あらゆる不徳の温床だ」

「フィレンツェ人は、豚のように日々を送っている」

「懲罰《ちょうばつ》の時が来た」

「神の斧《おの》は、切ろうとする幹に、すでに立てかけられている」

「悔い改めよ、悔い改めよ」

「悔い改め、清貧で貞潔な生活をすれば、フィレンツェは、神の恩寵《おんちょう》に満ちたあらたなエルサレムになるだろう」

「フィレンツェよ、悔い改めよ」


その日、ロレンツォのサロンのメンバーは、偶然詩人が多かった。しばらく恋の話に興じたり、詩を朗唱していたが、今日は、内容がややマンネリ化しているのがミケルにさえわかった。

ふと話がとぎれた拍子に、部屋のすみでデッサンしていたミケルに矛先が向けられた。

「おい、そこに、神に才能を与えられた前途有望な若者がひとりいるじゃないか。恋をしないではいられない年頃だ。ちょっときいてみようじゃないか」

天才詩人のポリツィアーノが、熱っぽい調子でたずねた。

ポリツィアーノはプラトン学院《アカデミア・プラトニカ》の主要なメンバーであり、メディチ家の子どもたちの家庭教師も頼まれていた。彼の詩をもとに、ボッティチェリが『ヴィーナスの誕生』を描《か》いたことは前述したとおりだ。

ポリツィアーノは、ミケルの才能をいたく愛し、創作の題材になればと、ギリシアの神話物語などを聞かせてくれたりする。これがミケルにはめっぽうおもしろい。

「ミケル、恋を語ってくれないか。われわれに聞かせてくれ。初々《ういうい》しい単語をつらねて、恋を語りたまえ。ダンテがベアトリーチェを語ったように、トスカーナのことばで」

「僕は、そんな」

ミケルはやや赤くなったが、はっきりとした口調で言った。

「僕にはそんな相手はいません」

「照れなさんな」

みんな少年のうぶなこたえを好ましく思った。

「十四や十五で、あこがれる乙女のひとりやふたり、いないはずがない。その人について、君のことばで語ってくれないか？」

「でも、ほんとうにいないんだ」

「いないはずがない」

しばらくこんなやりとりが交わされたあげくに、とうとう気の短いミケルが腹を立てた。

「いないといったらいないんだ。だいたい僕にはいま、やらなきゃならないことが山ほどあって、とても恋なんかしてられない」

ロマンチストな詩人たちは、この挑戦におおいに触発された。

「恋なんか、だって？」

ものの見事にあらたな議論の種がまかれてしまい、提供主のミケルは、たちまち集中砲火をあびる羽目《はめ》におちいった。

「恋をしたまえ君。恋をしない人生なんて、花の咲かない春のようなものだ」

さようさよう、とあちらこちらから恋を称《たた》える声があがる。だがミケルはめげなかった。

「恋をしたい者は勝手にすればいい。でもいまの僕には、もっと大切なことがあるんだ」

反論は、すかさず十倍にもなってはねかえってくる。

おやおや、とロレンツォは苦笑した。

ミケルに、助け船を出さねばならないが、それにしても、ミケルの負けん気の強いこと。当代きっての英才たち相手に、ちっともだまらず、逆に堂々と反論しはじめたから、ロレンツォはあきれてしまった。

「だいたい恋なんて、大半が空想の産物でしょう。あなたたちだってさっきからことば遊びに興じているだけで、実際、誰か特定の女性に恋してるわけじゃない。いい年をして、恋に恋しているだけだ。違いますか」

正論である。

だが、相手はみな百戦錬磨の修辞学の猛者《もさ》たちだ。ことばを巧みに用いて効果的に表現することにかけては自信がある。実際に恋していようがしていまいが、とうていミケルに勝ち目はない。

そのとき、細い声が部屋に響いた。

「僕なら、いま恋をしているよ」

ジュリオの声だった。

この爆弾発言に、部屋はたちまち騒然となった。

「なんと、我らの天使ジュリオが、はや、恋とは！」

「して、幸運なその淑女の名は？」

どこかの貴族の娘か、はたまた市井《しせい》の美少女か――華麗《かれい》で典雅《てんが》な恋愛詩の出だしをあれこれ思い浮かべながら、詩人たちは固唾《かたず》をのんで乙女の名を待った。

するとと立ち上がったジュリオは、ミケルの背中に抱きついて言った。

「僕はね、いま、ミケルにぞっこんなんだ」

幸せそうな笑顔。

一同、水を打ったようにしんと静まり返り、ミケルは背中に天使をしょったまま、頭をかかえこんだ。

「おまえら、いいかげんにしろよ？」

翌日。

「ねえミケル、こんな陰気なフレスコ画うつしてどうするのさ。誰の注文なの？」

ミケルは仏頂面で言った。

「忠実に模写しているうちに、どうしてもまねせず自己流に描《か》きたい部分が必ず出てくる。それが、その人の個性ということになる」

「って、ロレンツォが言ったわけ」

ミケルは舌打ちした。

「ジョヴァンニ先生だよ」

「で、ミケルの個性はどこらへんなのさ」

ジュリオは、ミケルのデッサンと、もとの陰気なフレスコ画をしげしげと見比べた。

ミケルはチョークを握る手をおろした。

どうにも手が動かない。

ジュリオが、横顔を見せていた。思わずほれぼれするような顔のライン。

（ちくしょう、なんてきれいな顔立ちをしてやがるんだ）

すると、視線を感じたジュリオが、まぶしそうにミケルを振り返った。

「なんか言った？」

ミケルはどぎまぎした。

「どうもしないさ。もうあっち行け。じゃまだ」

「なんだよ」

ジュリオは口をとがらせながら、肩を落とした。

「僕のことを、描《か》きたいのかと思った」

ソファに埋もれるように座ったジュリオが、見るからにしょんぼりしてしまったので、多少ミケルはかわいそうに思った。

(そりゃ描きたいさ)

昨日、詩人たちと勝ち目のない言い争いをしたとき、助け船を出してくれたのもこのジュリオなのに、どうも自分の言いまわしはきつくないか？

ミケルはまたしかたなくチョークを動かしながら、彼としてはひどく親切にたずねてやった。

「わかんないな、なんでそんなにおれに描かせたいんだよ」

「なんで僕を描かないのさ」

違うな、とジュリオは首をかしげた。ほんとうに疑問なのは、そのことじゃない。

「なんでミケルだけ、ちっとも僕をちやほやしないんだろう」

こんな失礼な態度の人間は、ミケルが生まれてはじめてである。

ミケルはこたえた。

「なんでって、そりゃ男だからさ。男が男をちやほやしてどうする」

「女が好きなわけ？」

「好きっていうか、ほら、おれは、母親を知らないから、そのぶんきっと、女性に対する思い入れが強いんだ」

「どんな？」

「女の人には、男にない――なんて言うのかな、特別で神聖な力があって、その力が必要になったときにはじめて、女性に恋するような気がする」

不満げな顔をして聞いていたジュリオが、やがて、疲れたようにつぶやいた。

「わからない」

ミケルの言うことが、ジュリオにはよくわからなかった。わかったのは、ミケルが依然として、ジュリオになんの特別な感情も抱いていないということだ。

ミケルはきっと世界一冷血人間なのだと、ジュリオは思う。それはそれでちっともかまわない。

だが、どうしてそのことが、こんなにもジュリオを疲れさせるのだろう。

ジュリオは額に手をあてた。

「僕にも母親なんかいないけど、女にそんな力があるなんて思わないな」

「そりゃ、お館《やかた》様がいたからさ」

「ロレンツォ？　ロレンツォがなんで？」

「だって、立派な父親がわりなうえに、母親みたいに細やかに気を遣《つか》ってもくれるじゃないか。おれのまわりにはそういう人が誰もいなかったから、なおさら女性に信仰みたいな思い入れがあるんだよ」

「でも、親じゃないよ」

消え入りそうな声を出し、ジュリオはひじかけの上に頭をのせた。

「ロレンツォは――親じゃない」

ジュリオは、だまった。

それっきり、ジュリオはなにもしゃべらなくなってしまった。驚いたミケルは、チョークをとめた。

はじめての沈黙だった。

あとから思えば、ほんの一瞬のことだったが、ミケルは、胸を突かれたように思えた。

ようやくジュリオの素顔をかいま見たのではないか？

疲れた天使。

（これが――ジュリオなのかな）

ミケルはこのとき、ようやくわかりかけたような気がした。ジュリオは、おそらく永遠に愛され足りない少年なのだ。たとえ何百何千の人に愛されようが、愛され足りない運命をしょっている。どれだけ愛を受けようが、満足できない重い病だ。愛に満ち足りてみたいものだと、たえず飢《かつ》えている。

両親がいないせいだろうか——というより、両親を失ったのが天使のように美しいメディチ家の小公子だったから、あらゆる人がちやほやした。その反動で、うまく愛情を感じとれなくなってしまったのだろうか。

「おれがちやほやしないのが、そんなに悩みか？」

ジュリオは考えた。

真剣に考えれば考えるほど、頭がよくないのが丸出しになる。

「ミケルといると、とっても疲れるんだ」

「他の人はみんなちやほやするのに、おれがしないんで、わけがわからないんだろう」

「わかんないよ」

「ばっかだなあ」

ミケルは嘆息した。

「たくさん愛されればいいってもんじゃないだろう？」

たったひとりの誰か——その人さえ、自分を愛してくれていれば、あとはすべての人間に憎まれようが、かまわないような気がする。

だって、愛情なんて、よくばって無理にかき集めたって、なんにもならない。ほっとけばいつのまにか消えてしまう。シャボンの泡《あわ》と同じだ。いつまでも泡風呂につかっていたかったら、泡をかかえこんだりしないで、どんどん新しい泡を作り続けることのほうが大事だ。

「頭を下げろ」

ミケルは描《か》きかけの紙を足元に捨てた。

ジュリオはむっとした。

「なんで」

「だめだ、こっち向くな。さっきみたいに、目を伏せるんだ」

あれ、とジュリオは驚き、うれしそうに瞳《ひとみ》を輝かせた。

「ねえ、描くの？」

「そうだよ。じっとしてろ——こら、笑うんじゃない。視線を伏せて、さっきみたいに」

ジュリオは、わけのわからないまま目を伏せ、両腕をひじかけの上に置いた。

「こうでいいの？」

「ちょっと首をかしげてみて」

ジュリオは首をかしげ、ますます不可解そうな顔になった。

「こう？」

うなずくミケル。

「じっとしてろよ」

しばらく、チョークが紙の上を走る硬い音だけがした。

一瞬だけジュリオが見せた表情を、うまく描《か》けるだろうか、それでなくてもジュリオがあきて逃げ出したらどうしようと、ミケルは内心ひどくあせったが、ジュリオは、驚くほど従順で、我慢強いモデルだった。しだいにミケルは不思議になった。いったいいままで他の画家はなにをやっていたんだろう。

どのくらい時間がたったか。

だいたいの輪郭がとれたころ、あんまりジュリオがじっとしているので、ミケルは心配になった。工房《ボッテーガ》のモデルだって、ちょっとは休憩をとりたがるものだ。

「おい、だいじょうぶか？」

と、ききながらも、ミケルがひたすら描きつづけているのがわかるから、ジュリオは顔をあげられなかった。夢から覚めたように瞳《ひとみ》だけをめぐらせた。

だいじょうぶか、とミケルが気遣《きづか》ってくれたことがうれしい。

「ミケルって、ほんとに頭にくるよ。こんな中途半端な姿勢を人にとらせといて、だいじょうぶか？　だけだもんね。休ませる気なんかぜんぜんないくせに」

「それにだいたい、にこにこ笑った顔を、ちゃんと正面から描《か》くもんだよ」

「そうだな」

「ほんとにミケルはおかしいよ。勝ち目のない口論を大人とむきになってやるかと思うと、この僕を無視したり」

　ミケルはだまってうなずいてやった。

　おそらくジュリオにとって自分は、はじめてちやほやしてくれなかった人物で、ジュリオをひどく戸惑わせてしまったのだ。

「嫌《きら》いじゃないさ」

　ジュリオが驚いて顔をあげた。ミケルはあわてて叱《しか》りつけた。

「笑うな」

　ジュリオはますますうれしそうに顔をほころばせた。

「ねえ、素直に好きだって言えないのはどうして？」

「いいか、晩飯を食いっぱぐれたくなかったら、じっとしてるんだ」

　描き終わったら、ちゃんと言ってやろうとミケルは思った。最初に見たときから、ジュリオに頭の半分を占領されている。

（嫌いじゃないさ）

「目を伏せる」

「はい――親方《マエストロ》」

ジュリオは、まぶしそうに目を伏せ、ミケルは、一生懸命描《か》いた。久しぶりに、これほど描くことに打ち込んだ気がする。

しばらくして、手を止めた。

(あれ?)

描きたいと願い頭の中に思い描くものと、実際に右手で紙の上に描きあらわせたものとの、あまりのギャップに、ミケルは愕然《がくぜん》とした。

「だめだ」

やはり、きれいにしか描けない。

「どうしたの?」

と、ジュリオが這《は》い寄《よ》ってきた。手も足もとっくにしびれがきれている。

「わあ僕だ」

さすがに上手だとジュリオは感心した。だから、どうしてミケルがこんなこわい顔をしているのかわからない。

「上手に描けてると思うけど?」

「だめだ」

ミケルはうんざりしたように言った。

「きれいなだけだ。花をいけて飾っておくのと違わない」

これでは、なんの物語もはじまらなかった。ジュリオの内面のおびえを、描《か》きあらわすまでには至っていない。

ミケルは素描《そびょう》を破り捨てた。

「フィレンツェはいいですな」

男は左手で窓をあけた。当時、不吉だと嫌《きら》われた左利きである。

ジュリオの部屋は、メディチ宮の三階にある。

フィレンツェの象徴、サンタ・マリア・デル・フィオーレ大聖堂の西欧一巨大な円天井《クーポラ》が、すぐ目の前に来る。

眼下に広がるフィレンツェの町並みを見下ろしながら、美貌《びぼう》の紳士は大きく深呼吸した。

この年、三十七歳。

姿勢がいいし、恰幅《かっぷく》もいい。

この男が、まだ紅顔の美少年の徒弟《ガルツォーネ》だったころ、親方《マエストロ》の名匠《めいしょう》ヴェロッキオは彼をモデルに『少年ダヴィデ』像をつくり、そのあまりの上品さゆえに、ヴェロッキオの代表作となって今日《こんにち》に伝えられている。

男は嘆じて言った。

「花の都フィレンツェとは、まことによく言ったものです。古代ローマ人もこの砦《とりで》を、『花咲く《フロレンティア》』と呼んだという」

「花ねえ」

ジュリオは、憂鬱《ゆううつ》そうに顔をそむけて聞いている。

窓の外に見える花の聖母《サンタ・マリア・デル・フィオーレ》大聖堂《ドゥオモ》の、アーモンド形装飾扉《そうしょくとびら》の前で、ジュリオの父は殺された。

「じゃ、フィレンツェに帰ってくればいいのに」

「それが、だめなんですなあ。しばらくいると、この満開の甘重い香りに、頭が麻痺《まひ》してしまう。ものを売り買いしたり、絵を描《か》くには最適だが、ものごとを冷静に考えるには不向きな街です。だからフィレンツェは、政治は三流、経済は一流、そして文化は超一流――誰が言っておりましたっけね」

ジュリオは嫌《いや》みを言った。

「じゃああなたは、いま、イタリアで一番頭が麻痺した絵描きってことになるね」

「おや、おほめにあずかり光栄――誰がそんなうれしいことを?」

ジュリオはますますぶすっとした。

「ロレンツォだよ」

いま、誰が一番絵がうまい？　とロレンツォにたずねて、即座に返ってきたのが、このハンサムな男の名前だった。

ジュリオには、ちょっと意外だった。芸術に造詣《ぞうけい》の深い豪《イル・》華《マニフィーコ》王ロレンツォが、きら星のごとく並ぶ芸術家たちの中から、この男の名を迷うことなくあげるとは。

確かに伝説的な芸術家ではあるが、いまはフィレンツェを離れミラノのスフォルツァ家につかえ、種々雑多なことをやりながら、都市計画を練ったりしていて、代表的な絵画となる『最後の晩餐《ばんさん》』も『ラ・ジョコンダ（モナ・リザ）』も、まだ描《か》いてはいない。

それに、ロレンツォは、このヴィンチ村出の芸術家レオナルドに相当の敬意を払っているようだが、おかしなことに、大きな仕事を依頼したことはない。

レオナルドは、かの有名なプラトン学院《アカデミア・プラトニカ》のメンバーでさえない。

（昔、メディチ家のメンバーと、なにかあったのかな）

と、勝手にジュリオは想像している。

巨匠《きょしょう》レオナルドは窓を閉めると、ジュリオを振り向き、窓枠にもたれた。

「思うに、わたしにとってフィレンツェは――」

窓枠にかけられた手指は長いうえ、女性のように繊細だった。ジュリオは不思議に思った。こんなに細い指で、傑作を生み出すのだろうか。ミケルの手指のほうがよほど力強いように見える。

「――フィレンツェは、こんなふうに、昔なじみの冠婚葬祭に出るため、何年かに一度ふらりと帰るくらいがちょうどいい街なのです。するとほら、私が帰ったのをどこかで聞きつけて、こうしてメディチ宮に招待してくださる小さな貴公子もあらわれる」

「まだ僕を描《か》きたい？」

「むろんのこと」

品良くうなずいたレオナルドに、ジュリオは小さなため息をついて立ち上がった。

さあ、描け、と言わんばかりに目の前に立った。

「おや、今日は逃げ出さないと、約束してくださるのかな？」

「逃げない」

ジュリオはうなずいた。

レオナルドは、窓にもたれたままじっとジュリオを見つめた。

「身体《からだ》の線も――描きたい」

じゅうぶん予期したことだったので、ジュリオは、胴衣《ジュボット》の前身ごろについているボタンに手をかけた。

ふたつ、みっつと、象牙《ぞうげ》でできた飾りボタンをはずしながら、ジュリオはしだいにこわい顔になった。

（ミケルのやつ、僕にこんなことをさせやがって）

自分のしていることが、納得できなかった。このレオナルドは、若いころから何度も男色の疑いで裁判沙汰《ざた》になっているような男で、今日従えてきた弟子たちだって、みんなあきらかにその手の美少年ばかりだ。

そんなやつがじっと見ている目の前で、なんでジュリオが自分から服を脱がねばならないのだ。肌《はだ》を見られるだけでもおぞましい。

「やめたやめた」

椅子《いす》に戻り、憮然《ぶぜん》としてクッションに埋もれこんだジュリオに、レオナルドは残念そうに微笑《ほほえ》んだ。

「いったいどういう気まぐれだったのか、ちょっとでも説明していただけるとうれしいですな」

「それだよ」

と、ジュリオはこの何日か、どうにも処分できなくてやり場に困っていた紙屑《かみくず》を、あごで指した。

「ほう」

四つに裂かれた紙を、レオナルドは慎重につきあわせた。

じっと未完のデッサンに見入るレオナルドに、ジュリオはたずねた。

「どう思う？」

「それを、この私にききたくて、モデルに？」

ジュリオは大きなため息をついた。へそ曲がりな男だ。聞きたくもないことはぺらぺらしゃべるくせに、こちらが聞きたいことには、なにひとつこたえてくれない。

レオナルドは、デッサンから目を離さない。

「これが、噂《うわさ》に聞くミケランジェロという少年のデッサンかな。そして、どうやら彼が自分で破り捨てたらしい」

「そうだよ」

「さよう」

レオナルドはもったいぶって、ひとつせきばらいをした。

「意見が、ないわけでも——ない」

ジュリオは立ち上がると、四番目のボタンをはずしはじめた。

レオナルドは嘆いた。

「我らの天使が、片思いとは」

「そうじゃないんだ」

ジュリオは無造作《むぞうさ》に上着を脱ぎ捨てた。ミケルが好きだから、こんなことをするわけではない。

とうとうミケルに自分を描《か》かせることができたと思ったら、ミケルは破り捨ててしまった。

(一匹狼《いっぴきおおかみ》なんか気取っちゃって、ちゃんとした師匠《ししょう》を持たないから、こういうことになるんだよ)

レオナルドにいいアドバイスをもらい、早く片をつけてしまいたかった。

ミケルの破いた絵が、心をかき乱す。

(なんであんなやつなんかに、いらいらさせられるんだろう)

レオナルドはジュリオのうしろにまわると、カミーチャ（シャツ）を脱ぐのを手助けしようとした。ジュリオはその手をはらいのけた。

「ひとりでできる」

「モデルならば、画家の指示には従うものです。こちらの求めるとおり応じてもらわねば困るな」

ジュリオは、だまって服を脱がされた。左右の長靴下《カルツェ》も脱がされた。

レオナルドはやや離れると、満足そうにジュリオをながめている。

「完璧《かんぺき》ですな」

居心地が悪いジュリオ。

「ねえ、早くすませてくれない？」

「いやいや、観察は肝要」

ばかなジュリオは、もう自分のしたことを後悔しはじめている。

三

その夜遅く、ミケルは大食堂の床に座り込み、ランプのあかりの下で、壁にかけられた絵の模写をしていた。

「君が描《か》こうとしていた絵だ」

木炭で描かれた一枚の紙が、はらりとミケルの横に置かれた。

レオナルドがすぐ横に立ったのに、気づかなかったことが、ミケルはとても不可解だった。

絵に目を落として、さらに動揺した。

(ジュリオ)

それは、何日か前、ミケルが頭の中で描き、紙の上にうつそうと試みてどうしてもできなかった、ジュリオの絵——疲れはてて地に墜《お》ちた天使の姿だった。

ミケルの理性は消《き》え失《う》せた。

自分の技量では、どうしても描くことができなかった絵が、そこにあった。何一枚身にまとわないジュリオが、うちひしがれ、いまにも泣き出しそうな姿でいる。助けに駆《か》けつけたいと思った。どうしてこんなことになったのだろう。

「ジュリオは」

ひざを立てて立ち上がりかけたミケルを、レオナルドは、鼻でせせら笑った。

「部屋で寝てる」

「きさま、なにを」

「モデルになってもらっただけだ」

突き出されたミケルのこぶしは、レオナルドの手のひらでがっしりと受け止められ、ミケルはそのまま手首をつかまれてしまった。優美な見かけによらず、力が強い。服の下は、相当いい身体《からだ》をしているのかもしれない。

レオナルドは、口元だけで笑っている。

変な笑い方だった。見ていると、頭が変になりそうになる。

「なんだよ」

「ロレンツォの期待にこたえるのは、苦しいだろうね」

ミケルはかっと顔を赤らめた。どうにも身体が自由にならない。

「きさまには関係ない」

「あるとも。君に意見するようにと、ジュリオに頼まれた」

「なんだって」

レオナルドは手を離すと、まじめな表情になった。

「うまく描《か》こうとしすぎだ。もっと自由に描きなさい」

いまのミケルにとって、あまりにも的確な助言だった。ずばりと当を得ていることを、ミケル本人が感じとれないはずがない。

だが、素直にうなずけるような性格ならば、苦労はしない。ミケルは泣きたい気持ちで声を荒らげた。

「ありがたがって頭を下げると思ったら、大間違いだ」

「いや、感謝するのはこちらのほうだよ」

レオナルドは笑ったまま背中を向けた。

「おかげで、おもしろいデッサンができた」

片手をあげて、巨匠《きょしょう》は去った。

ひとり部屋に残されたミケルは、あらためて、床に落ちたデッサンを見た。

明暗法を、画家がようやく身につけはじめた時代である。軽妙なぼかし《スフマート》をこれでもかと言わんばかりに駆使《くし》させた珠玉《しゅぎょく》の天使画に、ミケルは、ぐうの音も出なかった。

だが、いまは絵のことはどうでもいい。

(ジュリオ)

ミケルは大食堂を飛びだした。

裸の身体《からだ》が、絹のシーツにくるまれている。

「違うよ」

と、ジュリオは、大儀そうに寝返りを打った。

「やらせたわけじゃない。疲れたんで、横になってただけだ。いやらしい想像しながら人の裸をじろじろ見るな」

「誰がそんな――」

胸を撫《な》で下《お》ろすような思いで、ミケルはその場につっ立った。ジュリオが寝たままたずねた。

「ちゃんと、あいつと話をした？」

「ああ」

「アドバイスは？」

ミケルはため息をついた。

「聞いたよ」

ジュリオは多少ほっとしたようすになった。

「変なんだ」

「なにが？」

ジュリオが苦笑した。

「ほら、ミケルのモデルになったときは、ちっとも疲れなかったのに、今日はもうへとへとで、頭もあがらない。何日か寝込みそうだ」

「何時間かかった」

ううん、とジュリオは首を横に振った。

「じっとしてたのは、ほんの十五分くらい――もっと短かったかもしれない」

ミケルはますます打ちのめされた気分になった。

「とんでもないおやじだな」

「とんでもないよ」

うなずいたジュリオは、うんざりと疲れたようすで顔を手でおおって、うめいた。

「解剖《かいぼう》されて、また縫《ぬ》い合《あ》わされたような気分だ。心の中までひっくりかえされてのぞきこまれた。どこにもぜんぜんさわらせなかったのに――」

レオナルドのふたつの目が、まだ部屋のどこかにあって、ジュリオを凝視《ぎょうし》しているような気がする。

いやだいやだと、ジュリオは枕《まくら》に顔を埋めた。

「あいつの顔なんか、思い出したくもない」

「誰が頼んだんだよ」

ミケルは腹の虫がおさまらない。

「あいつのアドバイスがほしいなんて、誰が頼んだ」

「わかってるよ。こんなに気分が悪いのは、僕がおせっかいだったせいだ。誰もミケルのせいだなんて言ってない」

「あったりまえだ。あんな野郎の前で服を脱いだらどうなるか、そんなこともわからなくて、よくもその美少年面《づら》下げてるな。やられてたらどうするんだよ。だいたいおまえは――」

そこでジュリオが小さなくしゃみにおそわれたので、ミケルはあわてて落ちていた服を拾いあつめた。

「ほら、着ろ」

やっとの思いでジュリオは起きあがった。ミケルが、ほんのちょっと前まで幼い弟にやっていたように要領よく服を着せつけてやると、ジュリオのほうも慣れているから、ミケルが着せやすいように手足を動かす。思わぬところでぴったり息が合ったものだ。ジュリオは驚いた。

「着せるの上手だ」

「手のかかる弟が、三人もいるんだ——おまえ、自分のしたことをちゃんと反省してるんだろうな？」

「してるさ。見ればわかるだろ」

「じゃ、二度とこんなことをするなよ」

服を着せられ終わったジュリオは、むっと顔をあげた。

「僕に命令するな」

「いいかジュリオ、なにかほしいものがあって、そのために自分の身体《からだ》を売るなんて、男《だん》娼《しょう》か娼婦のやることだ」

手元になにかあったら投げつけてやるのにと、ジュリオは悔《くや》しがった。

「でも、じゃあどうすればよかったんだよ。あいつは、僕をずっと前から描《か》きたがってた。他にどうすればアドバイスがもらえたんだよ」

「あいつのアドバイスなんて」

「いったろう？　僕の目の前で、僕を描いたデッサンを破いたじゃないか。さんざんひとりで悩んでたくせに」

「ジュリオには関係ない」

冷たいことばが、一瞬だけジュリオをひるませた。

「じゃあ、僕が誰に抱かれようが、ミケルには関係ない」

この野郎、と、ミケルは舌打ちした。

「弟だったら、ぶん殴《なぐ》るところだ」

「殴れよ」

ジュリオはきれいな顔をつき出した。

「この顔を殴れよ。二度と誰のモデルもできないくらい、思いっきり殴ればいい」

ミケルが、ほんとうに手をあげたので、びっくりしたジュリオは思わず身をすくめた。

ミケルは手をとどめた。

本気で殴る気はない。

「おまえ、殴られたことなんかないんだろう」

「だったらなんだよ」

「人に殴られたこともないくせに、強がったことを言うな」

「強がってるのは、ミケルじゃないか」

「なに」

ジュリオは泣きたい気持ちだった。だがなんで自分が泣かねばならないのか、ちっともわからない。

「だって強がってばかりで、アドバイスひとつ素直に受けられないじゃないか。これじゃ一生大きな芸術工房なんて持てっこないよ。絵描《えか》きなんてとっととあきらめて、行政官になるほうが、よっぽどお父さん孝行だよ」

しまった、とミケルが思ったときはもう遅かった。ジュリオがよける暇もなく、ミケルの右手はジュリオのほおを叩《たた》いていた。

中途半端な一発だった。ぴしりと余韻《よいん》のない音がして、しばらくあってから、ジュリオは部屋を飛びだした。

どうしようか、ミケルは迷った。

それほどひどく叩いたわけではない。

だが結局あとを追うことに決めたのは、ジュリオが、裸足《はだし》で部屋を飛びだしたことに気づいたからだ。ジュリオを叩いたその右手で、柔らかい革《かわ》の靴《くつ》をつかみ、ミケルはかすかな足音を追った。

四階の踊り場をそのまま駆《か》け上《あ》がり、真っ暗な屋根裏部屋にあがった。ジュリオはどこかで壁のろうそくを手にとったようで、あかりが揺れながら遠ざかる。

ほこりっぽくて、天井の低い屋根裏部屋の一番奥に、なにかの木箱が積み上げられていて、どうやらあかりは、その向こう側に消えたらしい。

「ジュリオ？」

ジュリオの驚く気配が、箱を積み上げてつくった防壁《バリケード》の向こうでした。

「来るな」

「かくれんぼは終わりだ。靴を持ってきてやった。豪華王の甥《おい》っこが裸足で走り回ってどうする」

「うるさい」

「どこから入ったんだよ」

身をかがめないとくぐれないような小さい隙間《すきま》が足元にあいていて、どうやらその奥からあかりと声がもれてくる。

ごそごそとミケルは頭をつっこんだ。

「おい、いるのか？」

そこは、予想もしなかった空間だった。

人がひとり寝るのが精一杯な狭い場所に、毛布が何枚もしきつめてあって、ジュリオがさらに一枚頭からひっかぶって背中を向けている。

(天使の、巣――?)

ジュリオは、窓枠にしがみつくようにしていた。ジュリオの頭の上に、ちょうど、小さなあかりとりの窓がある。

月の光に、外界の景色が浮かび上がった。

開けはなたれた窓の正面には、花の聖母《サンタ・マリア・デル・フィオーレ》大聖堂の大円蓋《ドゥオモ》。

「すごい」

小さい窓だが、位置が高いだけに、おそらくメディチ宮の中で一番ドゥオモがよく見える窓だろう。

「ドゥオモを独り占めだな」

と、言ってから、ミケルは、自分の迂闊《うかつ》さにうろたえた。

ジュリオの父親は、あのドゥオモの下で息絶えたのだ。

（ジュリオ）

「出ていけ」

ジュリオは毛布を頭からかぶったまま窓枠にしがみつき、それ以上一言もしゃべらなかった。

「昨日、ジュリオを殴《なぐ》った」

ミケルの告白はロレンツォを驚かせた。

「けんかか？」

「すみません」

ロレンツォは、はじけたように笑い出した。

「いやいや、礼を言うよ。ジュリオには得難い経験だ」

「おれはもう、ここを出ていこうと思います。あなたの期待にこたえられない」

「なんだって」

ロレンツォがみるみる悲しい顔になったので、ミケルは困惑した。

「すみませんが、あきらめてください。あなたの見込み違いだ。僕はどうせ、あなたの道楽のひとつにすぎなかった。他にも道楽はたくさんあるでしょう」

「道楽って、君——君は、道楽の意味を取り違えてる」

そりゃ、メディチ家の頭目が言う道楽と、ミケルの想像する道楽には格段の差があるに違いない。

ロレンツォ言いった。

「道楽はね、人をこんなに困らせたりしないよ。君はわたしにとって道楽なんかじゃない」

「じゃあなんなんです」

「いいかい、わたしが君ら才能ある若い人を庇護《ひご》しているのはね——すこし大げさなことを言うようだが、あきれないでくれたまえよ——君たちを庇護することが、わたしに与えられた神の使命《ミッション》だと思うからだ。いつか、神がわたしにごほうびをくれるだろう。だから、君が負担に思うことはない。君がわたしに恩を返そうなんて、ちっとも思わなくていいんだ」

「でも、あなたの期待にこたえたい」

（わたしの期待が重荷か。これは困ったな）

多少あせっているなとは感じていたが、ミケルがこれほど思い詰めるタイプだとは思わなかった。きっと恩とか義理を敏感に感じとれるよう、行政官の父親にきっちり育てられたせいに違いない。

（損だな）

確かに行政官になるなら、とても大切な資質である。

だが、芸術家なら、もっといいかげんで、自信過剰で、図太い性格のほうが、楽に生きていけるし大成できる。

ミケルのことだ。この先技術で苦労することはさほどないだろうが、パトロンに対する恩や義理のしがらみや、あつれきの中で、相当苦労させられるかもしれない。

（ミケルよ、もっと図太くなれ）

だが、これぱっかりは、教えてどうこうできるものではない。

ロレンツォは思った。とりあえず人情がもつれたときは、気分転換するに限る。

「君、湯治《とうじ》に行こう」

と、ロレンツォが意気揚々《いきようよう》と誘ったから、ミケルは拍子抜けした。

「温泉？」

メディチ家の人間は代々湯治好きで有名だ。しかし、なんだか老人くさいではないか。

引き気味なミケルとは対照的に、ロレンツォはみるみる楽しげになった。

「そうさ。気分をかえるために、すこし遠出してみようじゃないか。前から考えていたんだ。じつは、ドナテッロが、君くらいの修業時代に彫《ほ》った破風《はふ》が、湯治先《とうじさき》の別邸《ヴィラ》にあるんだ。見たくないかい？」

見たい——と、ミケルがとたんに目をきらきらさせたので、ロレンツォはおかしかった。

（やはりドナテッロに限るな）

確かに、メディチ宮から出ようとまで思い詰めていたわりには、けろりとしたものである。だがドナテッロの彫刻と聞いては、じっとしてはいられない。

それでもやはり気になるのは、ジュリオのことだ。

「ジュリオもいっしょに？」

ロレンツォはいやにきっぱりと首を横に振った。

「なに、ジュリオのことは心配しなくていい。昔からあの子は、わたしが一晩添い寝してやればけろっと機嫌《きげん》を直すんだ」

ミケルが驚いたことには、ロレンツォはこの小休暇に、ジュリオはおろか、友人も側近も、誰も連れていこうとしなかった。めずらしいことだ。

「君、とんでもない。わたしの悪友たちを連れていったら、静かな湯治が台無しじゃないか」

ミケルがメディチ宮にやってきて、そろそろ半年になる。一皮むけようとする微妙な時期なのかもしれない。

ミケルのために、できるだけ静かな環境を整えてやりたい。

それに、もうひとつ理由があった。

今回ロレンツォがミケルを連れていこうとしている小さな別邸《ヴィラ》は、ロレンツォにとって、とても特別な場所だった。その存在すら、ほんの一握りの人しか知らない。三人の息子たちも、ジュリオも知らない。

誰でも連れていける、という場所ではなかった。

数日後、馬車の中から、遠ざかるメディチ宮を見ていたミケルは、ドゥオモに面したあの屋根裏の小窓を、無意識のうちにさがしている自分に気づいた。

ジュリオはいったいどんなときに、あそこにこもるんだろう。どのくらいの時間？　いったいいつからあんなところを確保するようになったのだろう。

(まるで、巣みたいだったな)

あの窓際にいると、ドゥオモのどっしりとした——それでいて温かみのある、西洋一巨大な円屋根が、いやがおうでも目に入ってくる。

ミケルにはよくわからなかった。父親が殺された場所って、子どもにとっては、不吉な、できれば避けたいものではないんだろうか。

もし死んだ父ジュリアーノが恋しければ、ボッティチェリが描《か》いた美しい肖像画を見るほうが、よほど慰《なぐさ》めになるだろうに。

だが、ジュリオが、父親の肖像画の前に立っているところを、ミケルは見たことがない。

(お館様《ロレンツォ》は、あのジュリオのかくれ場所のことを知っているのかな)

話すのがためらわれた。あの場所はいまのまま、そっとしておいてやりたい。あの薄汚れた狭い巣が、きっとジュリオには必要なのだ。自分だってほんとうは、あんなふうにずかずかと入り込むべきではなかった。

あれからジュリオはどうしているだろう。

食事の時間にちょっと顔を合わすだけで、まったく口をきいていない。

「なんか言ってましたか、ジュリオは」

ロレンツォは笑った。

「いったいどこを叩《たた》かれたんだときいたら、叩かれてなんかない、ミケルはかすっただけだと強がっていたよ」

「そう」

馬車は、市門をくぐって、市壁の外に出た。

すぐに、トスカーナのなだらかな丘陵地帯のただなかを進むことになる。広がるのは晩夏の麦畑、ほとんど刈り入れが終わり、切り株を燃やした煙が薄くたなびいている。その向こうには、収穫を間近に控えたみずみずしい葡萄《ぶどう》畑。

トスカーナは、イタリアでもっとも豊饒《ほうじょう》な大地に恵まれた美しい地方だ。

晴天である。この澄《す》んだ、なんとも品のいい青空を描《か》くためには、ペルシア産のラピスラズリ（別名『空の石』）を砕いた高価な顔料、ウルトラマリンブルーが必要か。

（あれは、高いから、聖母《マリア》様の衣装にしか使えないんだよなあ）

「もしわたしに絵が描けたら――」

と、ロレンツォが風景をながめながら言った。どうやらミケルと同じようなことを考えていたらしい。

「いくつもの顔料を駆使《くし》して、この幾重にも重なる丘陵を描いてあきないと思うがね。これほど風光明媚《ふうこうめいび》なトスカーナの地に生まれ育ちながら、君が、ちっとも風景を描かないのは不思議だな」

「風景ねえ」

空なら描くが、ミケルが風景を描くことは、生涯ない。

「いろいろ勉強させてもらったけど、おれはやっぱり、人体彫刻がいいみたいです」

「そう決めつけずに、たまには描いてみたまえよ。もし風景を学ぶなら、なんといってもレオナルドだ。遠近法で、彼の右に出るものはいない」

むっと、ミケルの眉間《みけん》がけわしくなる。

（あのくそおやじ、いつか見返してやる。見てろよ）

ミケルの敵愾心《てきがいしん》を知ってか知らずか、ロレンツォはあいかわらずにこにこしている。

こうして郊外に出かけるのは、何度目のことだろう。

悪友たちがいっしょにいようがいまいが、フィレンツェの街から遠ざかるにつれて、ロレンツォの肩から力が抜けていくのがミケルにはよくわかる。張りつめたものが解け、ロレンツォが、本来の市井《しせい》の人に戻るのだ。

「ちょっと失敬」

と、ロレンツォは、ミケルの隣の空いた席に、最高級の革靴《かわぐつ》をはいた二本の足をのせて組んだ。行儀悪いが、ロレンツォのすることはどこか子どもの仕草のようだから、不思議と罪を感じさせない。

ロレンツォは帽子を目深にかぶり直した。

「なにしろ昨日はほとんど寝ていない」

ロレンツォが、側近も連れずに突然フィレンツェを離れるなんて、どだい無理な話だ。きっとこの小旅行のために、できる仕事は前倒しですませてきたのだろう。

そのうち、寝入ったらしい。

ミケルはまた窓の外に流れる景色に目を戻した。

半分起きていたつもりだったのに、いつのまにか、ミケルもぐっすりと眠っていたらしい。秋に近いこのさわやかな空気のせいか。

突然目が覚めたのは、椅子《いす》から振りおとされそうになったからだ。馬車が異様にスピードをあげている。この振動はただごとではない。

(なんだ?)

ロレンツォは、馬車の後方が見えるのぞき小窓から、外のようすをうかがっている。ミケルが起きたのに気づくと、やあ、と明るい笑顔になった。

「お目覚めかな」

ミケルは身体《からだ》を支えるのがやっとだ。

「どうしたんです」

「同行者だ。招待したおぼえはないんだがね」

御者台で二頭の馬を巧みにあやつっている御者が、前の小窓から中のロレンツォをのぞきこんだ。

「あきらめるようすはありませんね。余裕でついてきます。こっちはこれでもう精一杯だ」

「そうかい」

のどかにうなずいたロレンツォに、ミケルは青くなった。

のぞき小窓から後方を見てみると、確かに、十頭ほどの馬が、あきらかにこちらをめがけて追いこんでいる。男たちがみな一様に黒っぽい覆面《ふくめん》をつけているのがなんとも異様だった。

「襲撃？」

「と、いうことになるかもしれんな」

冗談《じょうだん》じゃない。ここはいったいどのへんだろう。あわてて左右の外を見ると、畑もとぎれて荒野にかわり、あたりに人家は見あたらない。

メディチ家の頭目ロレンツォと知って追いかけてくるのか、それともただの物取りか。

護衛は、ない。

「申し訳ないね、君。せっかくの湯治《とうじ》を」

と詫《わ》びながら、ロレンツォは、ミケルの隣の席に移ってきた。

詫びてる場合ではない。どうするつもりなのかとミケルが案じると、ロレンツォは自分が使っていたクッションをミケルに抱かせ、いままで座っていた木の座面を持ち上げた。下が物入れになっていて、ロープや毛布、火打ち石に続いて、次から次に物騒なものがあらわれる。鉈《なた》にまさかり、弓矢——。

ミケルは安心するどころか、ますます青くなった。

（こんなのを振り回して戦うっていうのか？）

もう何十年も戦争をお雇い外国人傭兵《ようへい》にまかせきりにし、平和を享受してきたフィレンツェっ子《フィオレンティーノ》のミケルにとっては、なんとも戦慄的《スリリング》な展開である。

そしてロレンツォは、一番下から、細長い木箱を重たげに取り出した。

ミケルは、この箱の中身におおいに期待せざるを得なかった。なにか平和にことをおさめるのに役立つようなものが、入っていてくれないだろうか。

（たとえば、金貨とか）

と、思ってしまうところが、いかにもフィレンツェ人である。

「それは」

「これかい？」

ロレンツォがうふっと楽しげに木箱を開くと、中から鉄の棒があらわれた。ミケルは首をかしげた。

（楽器？）

ロレンツォは、子どものように自慢げに胸を張った。

「マスケット銃《じゅう》だ。トルコのスルタンがくれたんだ」

ミケルはのけぞった。

西洋では、製造されるようになったばかりの、火縄銃——要は、小さな大砲ではないか。

「なんだってそんな危険なものが、あなたのお尻《しり》の下から出てくるんです」

「だって、今回の旅行は、これを届ける目的もあったんだもの」

「早くしまって、そんな物騒なもの」

ロレンツォはしょぼんとしながら、箱を閉じようとした。ミケルは自分の迂闊《うかつ》さ加減に気がつきいやになった。

「それ、使えるんですか？」

「もちろん」

「どうやって」

「それがね君、存外簡単なんだよ。ここに点火薬をのっけるだろう？　火打ち石でこの火縄に火をつけ、ここにある火ばさみに差し込んでおいてから、こうして火蓋《ひぶた》をあけ——」

うれしそうに説明していたロレンツォは、ふと、いつになく真剣な顔でうなずいているミケルに気づいた。

「――まさか君、これをやつらに向けてぶっぱなそうって言うんじゃないだろうね」

ミケルは憮然《ぶぜん》とした。

「使えるって言ったじゃないですか」

「よしてくれ、そんな血なまぐさい」

「だって、その鉈《なた》やらまさかりを振り回すよりはよっぽどましでしょう」

「違うよ。鉈やらまさかりだのをここから取り出したのは、振り回すためじゃなくて――」

ロレンツォはミケルの両脇《りょうわき》の下に手をさし入れ、ひょいと抱き上げると、からっぽになった物入れの中にそっとおろし、肩を押さえつけて無理に座らせた。

「いいね君、ここでじっとしているんだ。おいおい手をひっこめろ。大事な右手を、突き指でもしたらどうする」

（そんなばかな）

たとえ十本全部突き指したって、ロレンツォをここから逃がさなければならない。どう考えたって、ロレンツォの命のほうが大切だ。

「おれも戦う」

ロレンツォは断固として首を横に振った。

「抵抗は、しない」

　ミケルは驚いた。

「だって、物取りじゃなくて、あなたを殺しにきたのかもしれない。抵抗しないでどうするんですか」

「抵抗はしない。君になにかあったらどうする」

「おれなんかどうでもいい。お館《やかた》様を逃がすほうが大切だ。当然でしょう？」

「違う」

　いいか、耳の穴かっぽじってよく聞けよ、と、ロレンツォは、どうにか飛びだしてこようとするミケルの肩を押さえつけながら言った。

「わたしがいまここで死んだところで、またごたごたするだけだ。どうにでもなるし、誰かがどうにかする。わたしの寿命が一、二年短くなったところで、百年先のフィレンツェ人は、これっぽっちも残念に思わない――だが、もし、いまここで、十四歳のミケランジェロ・ブオナローティになにかあったらどうする。千年先の人さえ、惜しいと嘆くだろう。世界中の人にとって、とりかえしのつかない大きな損失だ」

　ミケルは啞然《あぜん》とさせられた。

（なに考えてんだ、このおやじは――）

　ミケルはことばを詰まらせてしまった。

豪華王ロレンツォともあろう人が、本気でそんなことを信じているんだろうか。

「おれに、そんな才能はない」

「あるさ」

ロレンツォはなんとも小気味よく言いきった。

ミケルには受け入れられなかった。

「いいや、だって、おれにはジュリオの絵だって、うまく描《か》けなかったんだ。一生懸命描いたのに、描けなかった。レオナルドに先に描かれてしまった」

「君がまだ未熟だからだ」

(未熟)

かっと顔を赤くしたミケルを、ロレンツォは叱《しか》りつけた。

「なにを恥じることがある。未熟のどこが悪い。オレンジだって、あわてて色づいた早熟なやつは、間違いなくうまくない――いいか？　君には間違いなく才能がある。だがまだ未熟だ。まだ未熟だからこそ、日なたに置いてやり、雨や風から守り、肥料《ひりょう》をやって、じっくりと大きく育ててあげたうえで、味わい深く実らせてやりたいと思った――だから庇《ひ》護《ご》した。そうそう簡単に色づいてもらっちゃ困る。君はまだ未熟でいいんだ」

ロレンツォはいかにもうれしそうに目を細めた。

「あれ、これってやはり、道楽なのかな？」

馬車の横を、複数の馬が追い抜いていく音がした。賊《ぞく》が前方にまわったのだ。馬車がとめられるのは時間の問題になった。

いそいで座板を閉めようとしたロレンツォは、いったん止めた。

「ありがとうミケル」

手が差し出された。

呆然《ぼうぜん》と握り返したロレンツォの手は、とても温かかった。

「ほら、手をひっこめて——なにがあろうとじっとしていると聖母様に誓《ちか》うんだ。誓ったか？　誓ったな？　よし、いいぞ。じっとしてろよ」

慎重に座板がおろされ、ロレンツォが上に座ったのがわかった。すぐに、ミケルが座っていた席の座板があけられ、鉈《なた》やらまさかりやらを、がちゃがちゃと放《ほう》り込《こ》む乱暴な音が聞こえた。

それから聞こえてきたのは、ロレンツォの陽気な鼻歌だ。

命短し
恋せよ乙女
朱《あか》き唇《くちびる》
あせぬ間に——

馬車は、あいかわらずがたがたと揺れ続けている。

真《ま》っ暗闇《くらやみ》の中で、ミケルは、たったいまロレンツォに言われたことを、呆然《ぼうぜん》と考えた。

（冗談《じょうだん》じゃないぞ）

馬車が突然とまり、無言のままロレンツォが外に引きずり出される物音がした。かなり乱暴な気配だ。大勢いるはずなのに、一言も発しないのが、かえって恐ろしい。

ロレンツォが、抵抗している気配はない。

ミケルは肩で座板を押し上げた。

（礼を言わなきゃいけないのは、おれのほうなのに）

箱から重い火縄銃《ひなわじゅう》を取り出し、まずとりあえず、火打ち石で火縄に火をつけた。もどかしい。それから――

（火縄をこうして、こうやって、こうして――くそ、どうするんだっけ？）

石を打つ音を聞きつけたのだろう。訝《いぶか》しんだ男が、馬車の中をのぞきこんだのと、ミケルがようやく銃を構えて振り返ったのが、同時だった。

男と正面から目が合った。

火縄が、ちりちりと燃えている。

見よう見まねで銃をずっしりと肩に担いだミケルは、精一杯気合いをこめて、狙《ねら》いをつけた。

「動くな」

鼻先に銃口を突きつけられた男はたまらずに、後ろ向きに馬車から転がり落ちた。

ミケルはあとを追って身体《からだ》を半分だけ外に出し、踏み段《ステップ》に足をかけた。

「動くな！」

森の中である。

ミケルの位置が一段高いので、一同、息をのんだのが手にとるようによくわかった。こうしておどしてみると、火縄銃《ひなわじゅう》もそんなに悪くない。ミケルがこうして銃口をあちらこちらに向けてかっこつけてるだけで、十人近い大人を威嚇《いかく》することができる。

だが、できれば撃ちたくはない。

人を傷つけるのはいやだったし、それになにより、手元でどんな爆発がおこるのか、想像するだけでもこわかった。引き金にかけられた指は、ほとんど硬直している。

（くそ、なんでこんな目にあうんだ。ジュリオを連れてこなくて、ほんとによかった）

男たちはじりじりしながらミケルをにらんでいる。だが、目元に覆面《ふくめん》をしているので表情はよくわからない。

「お館《やかた》様をはなせ」

ミケルはぞっとした。よく見れば、男たちは、ロレンツォをいままさに殺そうとしていた。森の中に引きずりこみ、地面にひざまずかせて、押さえつけ、まさかりを振り上げ首を落とそうとしていた。

いったいどういう連中だろう。

(顔を確かめただけで、問答無用で殺すなんて)

ロレンツォの弟ジュリアーノの暗殺事件といい、政治の世界は恐ろしいと、ミケルはつくづく思った。だがロレンツォは、一見のほほんとしているようで、じつは、間違いなく、その恐ろしい世界の頂点に立っている。立つことを運命づけられて、メディチ家の頭目に生まれてきたのだ。

ロレンツォが馬車に戻る。

形勢逆転を見てとった御者が、隠れていた下草の中からタイミング良くそっと飛びだし、すばやく御者台に駆けのぼった。ロレンツォの馬車をまかされるだけあって、さすがに肝《きも》が太い。

(馬車が走れば、逃げることができる)

やった、勝ったと思いながら、ミケルは銃《じゅう》を構え続けた。戻ってきたロレンツォは、なによりもまずミケルから、その物騒なものを取り上げようとした。

受け渡しの一瞬のすきをつこうとして、一番近くにいた男が飛びかかってきた。

ミケルは、反射的に銃の先を向けた。

「止まれ！」

男は止まらない。捨て身の覚悟だ。

もしこの銃を奪われたら、まさに絶体絶命だった。とっさの判断だった。ミケルは目をつぶり、身構えた。

一発の銃声が、のどかな初秋の木立にとどろいた。

鳥たちがいっせいに梢《こずえ》から飛びたち、ウルトラマリンの空がかげった。


ミケルはこわごわ目をあけてみた。

まだ、銃声の響きが残っている。

驚いた馬たちがみな大騒ぎをしていて、馬車は大ゆれだし、男たちの馬も何頭か走り去ったようだ。

だが、撃《う》った衝撃はそれほどなかった。胸はどきどきしていたが、ミケルはまだちゃんと狭いステップの上に立っている。音も、大きかったが、耳をつんざくというほどではない。手元に雷が落ちるようだと聞いていたのに、ずいぶん違う。

（なあんだ、たいしたことないじゃないか）

ついでに、目の前に立っている男も、けがひとつしていなかった。

ミケルは泡《あわ》を食った。

「わ、なんでだ？」

あまり当たらないものだとは聞いていたが、これほど目の前にあるものを、外せるものだろうか。

男のほうも、びっくりしていた。まさかミケルが外したとは思わなかったのだろう。自分が擦り傷ひとつ負ってないことに気づくまで、しばらくかかった。

お互いに、やっと気づいた。

ミケルは、引き金を引いてない。

(じゃあ、この銃声は？)

他の男たちは、あわてて体勢を立て直そうとしている。

ミケルは、街道の先を振り返った。フィレンツェとは反対の方向——つまり、向かおうとしていた別邸の方向から、馬がたくさん走ってくる。男たちの何人かが、手に銃身をつかんでいるのが見えた。彼らが威嚇《いかく》して撃《う》ったに違いない。

「やあ、援軍だ」

ロレンツォが明るい声をあげた。

見るからに雄々《おお》しい男たちの群れの中で、先頭をきって勇ましく馬を駆《か》っているのは、ひとりだけぽつりと小柄な、色白の青年——。

（ジュリオ？）

――の、はずがない。他人のそら似だ。髪の長さもぜんぜん違う（ジュリオはもっと短い）。

こんな大変な場面でジュリオと見間違うなんて、よほど気になっている証拠だ。ミケルはいやになった。

（でもとりあえず、これで助かったらしい）

助かった――と、思ったら、ミケルはとたんに強気になった。さんざんこわい思いをさせられたのが悔《くや》しかったし、これでは、犯人たちの正体がわからないままだ。目の前の男が逃げ出そうとした足元をめがけて、銃身《じゅうしん》でぶん殴《なぐ》ってみた。

すると、相当痛かったのだろう。悲鳴をあげた男は、もんどりうって倒れた。ミケルはしめたとばかりに背中にとびのり、男の後頭部に銃口を突きつけた。

「動くな」

なんともいい気分だった。病みつきになったらどうしよう。こいつに正体を白状させればいいのだ。

驚いたのはロレンツォだ。

「ミケル、よせ！」

体格が違いすぎる。死にものぐるいで男が暴れたら、銃を突きつけていたってどうなるかわからない。

ロレンツォが案じたとおり、男はすぐさま後頭部にあてられた銃口に手を回し、むんずとつかんで引っ張った。ミケルはバランスをくずして前のめりになり、偶然、男の帽子に手が触れた。

逃げようとした男の頭から、するりと帽子が脱げた。

ミケルは自分の目を疑った。

(ない)

頭頂の髪が、きれいに丸くなくなっている。

坊様のはげ頭を、これほど間近で見たのははじめてだ。

バランスをくずしたミケルはつきはなされ、助けに入ったロレンツォに銃《じゅう》ごと抱きとめられた。一方、あわてて帽子をかぶり直した男は、馬に乗った仲間に拾ってもらって、ようやく逃げおおせた。

ミケルは自分の目が信じられなかった。

「見た？　見ました？　あの男、坊様だ。修道僧！」

「——かな、とは思ったがね。やりかたがあまりに狂信的だったから」

ロレンツォはミケルを胸に抱きとめたまま、深く憂《うれ》いに満ちたため息をついた。

「君の無茶のおかげで、動かぬ証拠を見てしまったな」

賊《ぞく》が去るのとほぼ同時に、援軍が到着した。別邸を守るメディチ家の警備兵らしい。全部で七人ほどの男たちは、そのまま賊を追っていったが、先頭を走ってきた青年だけは、手綱《たづな》を引いて、馬をよせてきた。

（おけがは？）

という顔で、ロレンツォを案じた。

まだ若いが優れた警備兵だという印象を、最初の最初にミケルが受けたわけは、駿馬《しゅんめ》の腹を、すらりとした両足でしっかりと押さえこんでいたからだ。まったくたいした乗馬術だ。姿勢が抜群にいい。

だがこうしてより間近で見れば、柔らかい線の輪郭をした、それでいて、なんとも凛《りん》とした雰囲気をもつ不思議な美青年だった。金髪をうしろで束《たば》ねている。

ロレンツォに甘えこびるような動作はまったくない。むしろ、緊張感をはらんでいるのは、馬上のせいか。

それとも、抜けるように白い肌《はだ》がそう見せるのか。

（だいじょうぶだ）

と、ロレンツォが笑うことなく目だけでうなずいてみせた。

場違いな空気に、ミケルはひどく戸惑った。

（あれ、なんなんだこのふたりは――？）

すぐに青年は、しなやかに馬の首を返し、仲間のあとを追っていってしまった。

そしてロレンツォが、いきなりミケルに向かってこわい顔をした。

「肝《きも》を冷やしたぞ君。そんなものを持ち出すなんて」

ミケルは、夢を覚まされたような気がした。

(冗談じゃないぞ)

いまのは、いったいなんだったのだろう。空気の色がそこだけ違ったではないか。ロレンツォに直接ききたいが、なんだかすごくこわい気もした。ロレンツォにそんな趣味があるはずがない。

それに、ロレンツォはかんかんに怒っている。

「君がそんなに向こう見ずだとは思わなかった。けがをしたらどうするんだ。撃《う》てもしないくせに」

「撃てました。撃とうと思えば——ほら、ちゃんと火もついてる」

「撃てないよ。いくらものおぼえのいい君でも撃てない——弾《たま》をこめなきゃ」

「弾?」

目をぱちくりさせたミケルに、ロレンツォは嘆息した。

「だって君、弾をこめてないだろう」

ミケルは開いた口がふさがらなかった。

できれば撃ちたくないと念じながらずっと構えていたが、最初から、撃てるはずがなかったのだ。弾が入ってなかったとは。

ロレンツォは怒っている。

「そりゃ、鉛弾さえここに持ってきていれば、わたしだってこの銃《じゅう》で応戦したさ。だがまさか空の銃で大の男を十人おどすようなはったりはかけられないね。君ほどふてぶてしくはない――いやはや、君という子がわからなくなった。そのくらい図太く世間を渡れるようなら、もうなにも心配はない」

ははははと、力無く笑ったミケルの全身から、いまさらながら緊張がとけ、ずっとこわばっていた指先にもようやく感覚が戻った。引き金を引いても、弾《たま》は出ないのだ。

（なんだ、こうしても撃《う》てないんだ）

瞬間、雷が手元に落ちたような爆発音がミケルの耳をつんざき、死にものぐるいの大鹿《おおじか》が思いきり体当たりしてきたような衝撃を胸に受けた。確かに、話に聞いていたとおりだ。すごい武器じゃないか。

黒い煙とものすごいにおいと、遠のく意識の中で、ミケルは疑問に思った。

なんでロレンツォは、大切なことから順に説明してくれないのだろう。

まず最初に、弾をこめなければ、銃は弾を発射できない――そして二番目に、弾がこめられてなくても、点火薬に火がつけば、銃は空砲を撃てるということを――。

石工のルチアーノだ。

空のかなたから天使がお迎えに来たのかと思ったら、なんと、ずいぶんご無沙汰《ぶさた》してしまっているルチアーノだ。

あいかわらずみごとな筋肉質の身体《からだ》で、しきりに首をかしげている。

「——見つけたって？　聖母様《マリア》の白を？　ほんとかよ、いったいどこで。いいかミケル、聖母様の白は、そんじょそこらにころがってやしないぜ？　ねぼけてんじゃねえぞ？」

「でも、見たんだってば」

「どこで」

ほら、と、ミケルは振り返って指さした。

「あの、馬に乗った——」

素直に好きって言えないのは、なんでなのさ、ミケル
翼をつけたジュリオが、ミケルのことを笑いながら、馬に乗って、天空のかなたに遠ざかっていく。

どこに飛んでいくのかと思ったら、無謀《むぼう》にも、ドゥオモの円屋根に、抱きつこうとしていた。

「待てジュリオ」

危険だった。やめさせなければ。

つかまえようとして、手をのばしたら、胸に激痛が走った。


気がつくと、静かに馬車に揺られていた。ミケルのことを案じてだろう。ゆっくりと、ゆっくりと走っている。

ロレンツォのひざの上に、そっとミケルの頭がのせられていた。悪くない枕《まくら》だが、胸がひどく痛くて息苦しかった。下手に起きあがるとまた気を失いそうだ。

(なにがあったんだっけ？)

ロレンツォが、ミケルの頭を心配そうに撫《な》でながら、誰かと話している。

「——じゃあ、鷹狩りの途中かなにかだったのか？」

「いいえ、でも——」

やや低い声の返事は、開けはなたれた窓のすぐ外から返ってきた。

相手の女性は馬に乗り、この馬車の横を歩かせているらしい。

「いやな予感がしたんです」

悲しげだが、静かに断定する口調が、なんとも不思議な響きだった。ミケルはいきつもどりつする意識の下で、変なことを思った。

(巫女《みこ》の預言みたいだな)

つまりこの女性は、なんとなく虫が知らせたので、男たちとようすを見にきた、と言うのだろうか。

「あなたが無事でよかった」

語尾が微笑《ほほえ》んだ。

はじらいをおびた、まろやかな若い女性の声。

その瞬間、ミケルの脳裏にフィレンツェじゅうの聖母像がこれでもかといわんばかりにところせましと掲《かか》げられた。もちろん輝かしい後光つきで。ギルランダイオの聖母——ジョットーの——ゴッツォーリの——マザッチョの——フラ・アンジェリコの聖母——ミケルの頭の中が、これまで見てきた神々しい聖母像であふれ返った。

だが、どんな美しい聖母を見ても、この聖母がいったいどんな声でしゃべるのか、想像したことはない。

(くそ、おれは未熟だ)

彼女の顔を見なければならなかった。いったい、ロレンツォは誰と話しているのだろう。ミケルは一生懸命目を開こうとして、もがいた。ぜがひでも、この、巫女《みこ》を思わせる不思議な声の持ち主を見てみたい。

　ロレンツォが気づいた。

「お、目が覚めたかい？」

　すると、それまでずっと窓の外に聞こえていた軽やかな蹄《ひづめ》の音が、すっと遠ざかっていってしまった。

　彼女が逃げたのを知って、ミケルは起きあがろうとした。また激痛が走る。

　ロレンツォがあわてて押さえこんだ。

「だめだよ君じっとして」

「おれ、どうしたんだっけ」

「台じりをちゃんと肩で固定しないで空砲を撃ったんで、反動で胸にめりこんだんだ。あばらが折れたかもしれない。そんなに痛むか？」

　胸元にあてられたロレンツォの手を、ミケルはぐっとつかみかえした。

「いま、しゃべってたのは誰ですか？」

　ロレンツォは、おや、と驚いた表情をした。

「案外元気じゃないか。よかった」

「とぼけないでください。いま、誰か女の人としゃべっていたでしょう」

ロレンツォは目を見張り、おおげさに馬車の中を見回すふりをした。

「しゃべっていた？　わたしが？　誰と？　いったいなんのことだい？」

「会わせてください。なんで隠すんです」

「隠すって、なにを」

（くそ、政治家に戻らせちまった）

ミケルは歯がみした。まっすぐに問いつめたのは、なんともまずかった。いったん政治家に戻ってとぼけられれば、ミケルごとき若造が、かなう相手ではない。

（なんでだよ）

ミケルにはわからなかった。

あの、巫女《みこ》の声の持ち主に、どうしても会ってみたい。なのに、なぜ会わせてくれないどころか、そらとぼけるのだろう。

いままでロレンツォはどんな秘宝や貴重な遺物でも、ひょいとミケルの手のひらにのせて、気のすむまで見せてくれた。ミケルが見たいと思って、ロレンツォが見せてくれなかったものなど、なにもないのに。

（愛人だとしても、なんで、隠すんだ）

「豪儀な殿様《イル・マニフィーコ》」らしくないうえに、この時代のイタリアでは、貴族が特定の愛人をもっていたところで、なんのおとがめもなかった。

たとえ相手が人妻で、こちらが妻子ある身であろうが、お互い愛しあっているということを世間に隠す必要は、まったくない。

別邸に到着すると、すぐさま跳ね橋《はばし》があげられた。

防備を固めてしばらくするうち、知らせを受けたロレンツォの側近たちが、手勢と医師を連れてフィレンツェから駆《か》けつけてきた。

過激派修道士たちのもくろみが、最終的にどの程度のものだったかはわからない。だが、ロレンツォ暗殺と同時に、フィレンツェでなにか起こったわけではなかった。それともロレンツォ暗殺に失敗したので、計画を中断したのか。

翌日、ロレンツォは、厳重な警備をともなって、いったんフィレンツェに戻っていった。過激派修道会に対し、なんらかの政治的な手段をとるのかもしれないが、ミケルには政治のことはわからない。

ミケルは、残された。

胸のけがが思ったよりひどくて、馬車に乗れそうもない。

鈍痛にたえながら、馬車の中で聞いた声の主のことを思っている。

巫女《みこ》の声の持ち主。

でも、身の回りの世話をしてくれる女性たちの声を注意深く聞いても、あの巫女の声の持ち主はいない。

(やっぱり、秘密にしたい愛人なのかなあ)

でも、なんで隠すのだろう。そこがよくわからない。

ロレンツォは結婚して以来、愛人をもったためしがないというから、イタリアの指導者の中でも、天然記念物なみの貴重な存在だった。

だが、それほど愛妻家でも、恐妻家でもなかったらしい。もちろん男色家でもない——とミケルは思っていた。

(例の、護衛の青年も、見かけないな)

彼のことも気になる。彼と、ロレンツォの仲は——思い出すたびに複雑な気分にさせられるのだが——どう考えても、ただごとではなかった。

ミケルは思う。

ロレンツォが、聖人君子である必要はない。

愛人を何十人囲おうが、美青年とどんなおつきあいがあろうが、ミケルが芸術家の卵として庇護《ひご》してもらうぶんには、なんの障害にもならない。立派すぎるほどのパトロンだ。

だが、問題は、ミケルにとってロレンツォが、もはやふたり目の父ともいえる存在になっていることだ。それほど慕《した》っている大切な人物に、あれこれ秘密ごとをされては、どうにも落ち着かない。ばれたらばれたで、なんでさっぱりと告白してくれないのだ。

(おれが、やっぱり道楽のひとつにすぎないからかな——道楽に向かって自分の色事をあれこれ告白するばかはいないもんな)

どうも考えがうじうじした方向にいってしまうのは、けがをしてこんな田舎で湯治《とうじ》なんかさせられているからだ。いやだいやだ、無理をしてでも、もうフィレンツェの街中に戻ろう、と、ミケルが思ったその矢先。

そのロレンツォが、ひょっこり戻ってきた。

ミケルのことが気になって、また、供《とも》も連れずにこっそりフィレンツェ政庁を抜け出してきてしまったらしい。

うれしく思う前に、ミケルはあきれてしまった。道中で襲われたことを、もう忘れてしまったのだろうか。

(懲《こ》りないなあ)

「美しい装丁《そうてい》だろう?」

銀と水晶で縁取られた表紙は、派手さをおさえて清楚《せいそ》で優雅《ゆうが》だ。大青《たいせい》で青く染められた羊皮紙《ようひし》に、金で一文字一文字美しくつづられている。

「すばらしい技巧だが、写字本を、こんなふうに一冊一冊ていねいに装丁することも、やがてなくなるかもしれないな」

「どうして？」

「本が、もはや宝物ではなくなるからだ」

ロレンツォは表紙に手を置いた。

「一冊の原典から、こんな写字本を二百巻もつくろうとしたら、四十五人の写字生をつかったって、かるく二年はかかった。十年前にはね——たった十年——それがいまでは、たったの三か月でできあがってくる。君、三か月だよ三か月。三か月で二百冊。だから印刷工にきいてやった。いったいこれは何人がかりでやったんだときいたら、なんと、三人だというんだ。あのこたえにはひっくりかえったね」

ほら、とロレンツォは、一冊の印刷本を、ミケルに差し出した。

なるほど、写字本にくらべれば、印刷本は味気ない。これがどんどん量産されるようになれば、本を美しく装丁《そうてい》して飾ろうなんて、誰も思わなくなるかもしれない。

本は、百年ちょっと前に活躍したフィレンツェの作家ボッカチオが、ギリシア語原典から訳してはじめて西洋に紹介した『ホメロス』。

「きっと気に入るよ」

本好きのミケルはうれしかった。ボッカチオの代表作『十日物語（デカメロン）』は、先日読み終わっている。

　ロレンツォは言った。

「おそらくもう十年後には、三か月もかからなくなるだろうな。この字体も、写字にくらべればまだちょっと読みにくいが、どんどん改良されている」

「そうですね」

「でも活版印刷の一番すごいのは、原典《オリジナル》と、寸分違《たが》わないという保証がついてることだ。写字生がめんどくさがって一段落とばしたんじゃないかとか、他の単語を写し間違えたんじゃないかとか、勝手に自分の解釈で書き換えているんじゃないかと、読みながら案じることも、もうない——これからは、作者の考えを、一字一句違わずに、想像もできないほどたくさんの人に伝えられるようになる。口づてで広まるんじゃなくて、書く人自身のことばで世間に広まるんだ。君、世の中変わるよ」

「変わるって？」

「そう、たとえば——遠くない将来、われわれが普段使っている身近なことばで、誰もがこれを読めるようになる」

と、ロレンツォはさっきの豪華《ごうか》写字本の上に手を置いた。

　聖書である。

「そうなれば、どうだ。わざわざラテン語のできるものに頼らなくたって、いつでも自由にキリストを信仰できるようになる」

悪戯《いたずら》っぽく片目をつぶってにこりと笑ったロレンツォに、ミケルは渋《しぶ》い顔になった。

「そんな恐ろしいことを、大きな声で平気で言うから、狂信的な修道僧に襲撃されたりするんじゃないですか」

「そう？」

まったく、ロレンツォはちっとも懲《こ》りていない。

だが、もうじきフィレンツェで爆発的なベストセラーになろうとしている廉価《れんか》な印刷本の作者は、皮肉なことに、狂信的なドメニコ修道会の修行僧ジローラモ・サヴォナローラだった。

彼は、ただ広場に立って、声をからして民衆に説教するだけではなかった。活版印刷という最先端技術の重要性をよく知っていて、知識層の精神を改革統制するために、きわめて効果的にこれを利用した。この怪僧の開明ぶりには舌をまく。

特に彼は、旧約聖書のエゼキエルの預言書をしばしば取り上げ、繁栄と享楽の果てに退廃した結果、神の懲罰によって滅ぼされた古代商業都市テュロスを例にたとえ、フィレンツェの市民に警鐘をうちならしたという。

悔い改めよフィレンツェの民よ。審判の時が近づいている
北からやってくる外国の王が、神の怒りを実行し、
独裁者の死は近い
木こりの斧《おの》は、切ろうとする木の根元にすでにたてかけられているのだ

サヴォナローラの不気味《ぶきみ》な預言は、しだいにフィレンツェ市民を不安に陥《おとしい》れつつあった。

ロレンツォも、そのことをよく感じとっている。だからこそサン・マルコ修道院にサヴォナローラをたずねていっては、直接対話をしようとしている。

むろん、友情がはぐくまれるわけがない。怪僧にとってロレンツォは、退廃したフィレンツェを支配して享楽《きょうらく》をむさぼる、悪徳の象徴なのだ。

サヴォナローラは、ロレンツォの近々の死を、預言してはばからなかった。

(頭の痛いことだ)

と、ロレンツォは思っている。預言は遠からず当たってしまうだろう。

頭の痛いときは、なんといっても、ミケルのチョークが走る音を聞くに限る。

「ねえ、ミケルはとても読書好きなんだな。芸術家にしてはめずらしい」

「そうですか？」

「創作の題材を得たり、深く意味を知るのにおおいに結構なことだ。今度ぜひ旧約聖書をじっくり読みたまえ。トスカーナ語に訳させているから。まったく君、旧約聖書に勝る物語はない——そうだ、ペトラルカの恋愛叙情詩《じょじょうし》は読んだっけ？」

「いいえ」

「そうか、ここに持ってきてあげればよかったな。きっと君には刺激的だろう。どうやらまだ本物の恋愛には遠そうだから」

「遠くて結構」

「そんなこと言わずに」

他愛もない会話を重ねながら、このときミケルはなんとなく落ち着かなかった。

デッサンするため、繊細《せんさい》にとぎすまされた神経に、なにかが障《さわ》る。

(なんだろう。これは)

このときミケルは、失礼ながら、他に目新しいものもなかったので、ロレンツォの横顔をデッサンしていた。亡弟ジュリアーノと違い、決して美男子とはいえないロレンツォだったが、その知的で好奇心いっぱいの瞳《ひとみ》は子どものようで、軽妙な会話とともに、誰をも魅了してやまなかった。一度はちゃんと描いておきたい。

だが、どういうわけか、そのロレンツォの顔に、集中できない。

ロレンツォのおしゃべりのせいではない。

なんというか、独り占めできていないような気がするのだ。まるで、どこか他から、もうひとつ視線がロレンツォにからみついてきて、ミケルの視線をじゃまをしているような――。

ふとミケルは、振り返った。

白い顔が視界に入った。誰かの肖像画ではない。

(あれは――)

中二階へあがる階段の手すりの陰で、誰かが息をひそめながらロレンツォを見つめ、話を盗み聞いている。

ミケルはどきりとして立ち上がった。

あの凛《りん》とした美青年ではないか。

(逃げた!)

まるで敵の姿をかぎつけたうさぎのように、青年は低い姿勢のまま逃げ出した。ミケルははじかれたように駆《か》けだした。チョークと紙を放《ほう》り出《だ》して。

「待てミケル!」

ロレンツォがとめようとしたが、もうミケルは階段を半分以上駆け上がっている。

ミケルには気になっていたのだ。先日、自分たちが乗った馬車は、あきらかに待ち伏せされていた。ロレンツォが市門の外に出ることが、修道僧たちに知られていたのだ。

ロレンツォの身近には、敵方の内偵者がいる。

そのひとりが、この青年ではないのか？　盗み聞きがばれて、あわてて逃げ出したのがなによりの証拠だ。

「待ちやがれこの野郎」

青年は、足が速い――というより、ひどく身軽だった。見失いそうだ。ミケルから全力で逃げている。追ってくるミケルがこわくて、逃げまどっているのではない。なんとかまいてしまおうと、追いつめられないようにうまく走り回っている。

コの字に曲がった階段で、ミケルは身軽く手すりをのりこえ青年の前に飛び降りた。かなりの高さだったので、折れたあばらに相当響いたが、いまはそんなことかまっていられない。

わ、どうしよう、とばかりに、青年はあわてて反転し、いまおりた階段を夢中で駆《か》け上る。

ミケルは驚いた。間近で見れば、彼は姿勢良い乗馬姿を仰ぎ見て想像していたよりも、ずっと小柄だった。

青年じゃない。まだ少年ではないか。

「こいつ！」

こんな追いかけっこをしていては埒《らち》が明かない。ミケルはトルコの絨毯《じゅうたん》の端を思いきり引っ張った。体重の軽い少年がもんどりうって倒れたところに跳び乗っていって、みごとに押さえこんだ。

だが、弟たちを押さえこむのとは、ずいぶん感じが違う。なんだか手首の骨が細い。肌《はだ》が柔らかい。

(あれ？　女の子？)

ミケルはひどくうろたえた。

なんと男の服を着ているが、間違いなく女の子だ。自分は、女の子の両手首をつかみ、完全に身体《からだ》の下に組み敷いて、身動きがとれないようにしている。

これが礼儀を知らない男のすることでなくてなんだろう。

「君は」

身体がわずかに離れたすきを、少女は見逃さなかった。ミケルのみぞおちにしたたかに靴裏がくいこみ、目を白黒させたミケルを蹴《け》りのけて、少女はまた走り出そうとした。追おうと手をのばしたミケルは、その手を逆につかまれた。

どう、と投げられた。

気がつくと、ミケルは、仰向けになって天井の装飾模様を見ていた。

きれいに投げられたものだ。こちらの勢いをみごとに利用しやがった。確か、東方から来た船こぎの奴隷《どれい》男たちが、こんな投げ技をかけあって遊んでいるのを、アルノ川の船着き場で見たことがある。

（効いたなあ）

今度という今度は動けない。

背中を打った拍子に、折れたあばらが泣いて、どうにも息ができなかった。

せめて、あのとんでもない女の子がどちらに逃げたか見届けようと、ようやく頭をめぐらせたミケルは、びっくりして目を丸くした。

少女が、心配そうにミケルの顔をのぞきこんでいる。

大変なことをしてしまったという後悔が、顔に書いてあった。

「なんだよ」

ダメージを受けたと思われるのはしゃくだったので、ミケルは意地で起きあがった。すると、また少女は逃げ腰になる。ミケルはうんざりした。

どこまでこんな追いかけっこが続くのだろう。

だが、少女は立ち止まらざるを得なかった。

ロレンツォが、少女の前に立ちふさがったのだ。お気楽なパトロンの顔でなく、ひどくこわい顔をして、うしろには、警護のごっつい男たちを何人も従えている。

ミケルはちょっとほっとし、ちょっと心配になった。この男装の内偵者を、ロレンツォ

はどうするだろう。

(まさか、ひどい目にあわせたりしないよな)

だが、ミケルはすぐに変なことに気づいた。ロレンツォの背後の男たちがこわい顔でにらんでいるのは、女の子ではなく、あきらかにミケルではないか。

(え? おれ?)

山賊《さんぞく》のような荒くれ男たちの、あまりにまっすぐな敵意にあい、ミケルの持ち前の負けん気がむくむくと頭をもたげた。

「なんだよおまえら」

無謀《むぼう》だなんて、ミケルはちっとも気づかない。こいつらもじつはロレンツォの敵なのだろうか。まさに一触即発になったとき、女の子がひと声言った。

「ごめんなさいロレンツォ」

この声。

ミケルはどきりとした。悲しい声——やや低めの、きっぱりと静かな独特な口調——巫女《みこ》の声の持ち主ではないか?

いや、あの巫女は、もっともっと年上の女性のはずだ。それにしてもこの男まさりの少女の口から、こんな静かな声が出てくるなんて。なんという落差だろう。

「いいんだ。もういい」

と、ロレンツォは優しく手をさしのべた。

女の子を大切にそばに引き寄せると、ミケルに向かって詫《わ》びた。

「すまんね君、ミケルに見つかりそうになったら、どこまでも逃げろと言ったのは、このわたしだ。ひきあわせるつもりはなかった」

ミケルは胸を押さえて壁にもたれた。

なんと言ったらいいか、すぐにはことばが出てこない。

「水を一杯もらえますか」

うっかりすると、座り込んでしまいそうだ。

痛みをこらえながら、なんとか頭の中を整理しようと、ミケルは努力した。つまり、ロレンツォとただならぬ関係にあった護衛の美青年は、じつは、馬を自在に駆《か》る男装の少女で、そのうえ、ミケルが一目会いたくてたまらなかった巫女《みこ》の声の持ち主で、そして——やはりと言えばやはり、ロレンツォの秘密の愛人だったのだ。

「違う、愛人じゃない」

ロレンツォは憮然《ぶぜん》としながら、どこからどうミケルに説明したものか考え、部屋の中を歩きまわっている。

少女が、敵の内偵者でなかったことは、とりあえずミケルをほっとさせていた。だが、こうなったら、とことん事情を聞かせてもらわないと、ひっこみがつかなかった。中途半端にわからないことが多すぎる。

「話すから、君、笑わないでくれたまえよ」

安楽椅子《いす》に横たわったミケルは、口をへの字に曲げた。

「笑ったりしません」

「十四の君に、果たしてわかってもらえるかどうか」

ロレンツォは小さなため息をついた。

「この子を、インノチェンティの捨て児養育院から引き取ったのは、八歳のときだ。こざかしいほど賢い子でね。だけどほら、性質は素直で、声も印象的だ――一目会ったとき、わたしはこの子を、理想の女性に育ててあげてみたいと思った。飾りたてられた、美しいだけの人形ではないぞ。ただ受け身の立場で、男性たちの賞賛のことばを待つ中世の淑女ではない。

たとえば、サロンを主催すれば、世界中の知識人が先を争って集まってくるような女性――それでいて、自分のもつ高い教養と美貌《びぼう》を決して人にひけらかさない。男のように意志がしっかりしているが、つつましい女性の美徳にもあふれている。教養人たちは、彼女と話すと、いつのまにか自然に知恵をひきだされてしまう。そのまろやかな声に、誰もがほっとさせられ、会話に花が咲き、その中心には、いつもこの子の美しい笑顔がある。四十歳になっても、五十歳になっても、愛すべきマドンナとして、すべての男性たちから慕《した》われる――じつはわたしのサロンに、ひとりでもそんな女性がいてほしかったわけだが」

ロレンツォは、当代随一《とうだいずいいち》の詩人でもある。ロマンチックなことばに、多少自家酔いしたようだった。

「わかるかな君、理想の女性を一から育てる、これこそ男の究極の夢だよ――おや失礼、確か君は夢ということばが嫌《きら》いだったな」

「そう？」

ミケルはすっかり忘れている。

ともかく、豪華王《イル・マニフィーコ》ロレンツォが、その全身全霊をこめて、ひとりのマドンナを育てあげようとしている。

「おれがわからないのは、どうしてあなたがそのことを隠すのかってことです。育てるんなら、養女として堂々と育てればいいじゃないですか。隠し事なんて、あなたらしくもない。おれにまで隠すなんて」

「メディチの名前とは関係なく育てたい」

ロレンツォは、いやにきっぱりと言った。

「だって君、わたしの娘たちを見ればわかるだろう。もしわたしの養女にすれば、間違いなく十《とお》やそこらで政略結婚でもっていかれ、それっきりだ。つまらないじゃないか」

「縁談なんか断ればいい」

「簡単に断れるようなら、政略結婚とは言わないよ。時期と相手によっては、断れない場合もある。要は、花嫁候補の名簿に載せないことだ」

なるほど、とミケルが納得させられると、さらにロレンツォは言った。

「それに将来、メディチの名をもつものが生きにくい世の中が来ても、つらい思いをさせたくない」

「まさか」

そんな時代が来るなんて。ロレンツォ豪華王の君臨する大メディチ帝国に生まれ育ったミケルには、ぴんと来なかった。

「他にもいくつか理由はあるがね」

と、ロレンツォはことばをにごした。

「だが君、これは想像してたよりはるかにむずかしいよ。稽古《けいこ》ごとが進まないのはまあしかたないとしても、これほどおてんばに育ってしまうとは」

この男服のこと？　と、少女は申し訳なさそうに微笑《ほほえ》んだ。

そこでようやく、少女はその独得の声を出した。あまり口数は多そうではない。

「だって、誰に見せるわけでもないのに、高価な衣装で着飾ってもしょうがないでしょう。爪《つめ》がひっかかると鷹《たか》もいやがるし」

「鷹狩りはもうよしなさい。顔でもひっかかれたらどうする」

「よすわ。もしロレンツォがわたしの育てた野菜をたくさん食べてくれたらね」

ほらね、とロレンツォは肩をすくめてミケルに苦笑した。

「最近、言うことをきかせるのがむつかしくなった。年頃のせいかな」

肩をすくめてくすぐったそうに笑う少女を、ロレンツォはミケルに紹介した。

「リフィウタータだ。変な名だろう？　インノチェンティでつけられた名前で、わたしはあまり好きじゃないんだがね」

拒《こば》まれた、というような意味である。

インノチェンティの捨て児養育院にあずけられた子どもたちは、「忘れられた《ヴェッツォーザ》」とか、「不幸でかわいそうな《ズヴェントゥラート・ポーヴェロ》」「救いのない《サンツァ・リメディオ》」なんて名前を、平気でつけられていた。

少女はあいかわらずにここと笑っている。

「でも、いまさら他の名前で呼ばれても困るわ。どうぞリフィアと呼んでください」

ミケルに手を差し出した。

「逃げ回って、ごめんなさい」

軽く握りかえすのが、常道だ。もし唇《くちびる》をあてたとしても、この場合なら失礼にはならないだろう。

ミケルは、不作法にも、ただ呆然《ぼうぜん》としていた。見とれるほどの美女、というわけではない。美貌《びぼう》なら、ジュリオのほうがはるかに勝っていただろう。

だが、その声の余韻《よいん》が、ミケルの胸をしめつけ、ミケルを動けなくさせていた。

顔は、こんなにも明るくにこにこと笑っているのに、この声の余韻《よいん》が含む、悲しみはなんだ。

耳元を去らない。

(馬に乗ってやってきた、巫女《みこ》の預言——)

ミケルに、才能があろうがなかろうが、そんなことはもうかまわなかった。いま、目の前に表現したいものがある。自分に、彼女のもつ巫女的な緊張感をとらえられるかどうか、やってみたい。

ミケルはロレンツォを振り返った。

「この人を、描《か》いてもいいですか」

「そういうことは、本人にきくもんだよ」

ミケルはリフィアを見た。

「あなたを、描きたい」

リフィアは、困ったようにロレンツォを見た。ロレンツォも、ちょっと首をかしげている。

「君、身体《からだ》はだいじょうぶなのか？」

「身体？」

あばらが折れてるなんてことは、とうに忘れてしまったらしい。

さあ、描《か》こうということになり、ミケルが紙とチョークを持ってリフィアの前に腰をおろすと、モデルなんてはじめてのリフィアは、そわそわしはじめた。

ミケルが若いながら天才的な画才の持ち主だということは、ロレンツォからいやというほど聞かされている。

「あの――どうしたらいいの？」

「座って、ふつうにしててくれればいい」

「笑わなくていいの」

「頼むから、笑わないで」

チョークが走り出したが、リフィアはなかなか落ち着かない。

「ねえ、なにを描くの？」

ミケルは輪郭をとりながら、首をかしげた。

「さあ、巫女《みこ》――聖母――巫女的な性格をもつ聖母像――描いてみないと、よくわからないな」

「ちょっと待って」

リフィアは、いきなり階段を駆《か》け上《あ》がって二階に消えてしまった。乳母《ばあや》、乳母と、困ったように誰かを呼んでいる。

ミケルはロレンツォの顔を見た。

「彼女、ひょっとしてひどい恥ずかしがりやさん？」

「まさか君、とんでもない」

しかたなく、そのまましばらく待った。

しばらくして、リフィアが手すりのところにもじもじとあらわれた。ミケルは一瞬息をのんだ。

(着替えてきてくれたんだ)

かっちりと襟《えり》のつまった紺《こん》の男服を脱いで、かわりに着てきたのは、飾り気のない、ハイウエストの清楚《せいそ》な白のドレスだった。襟もとが広くあいていて、裾《すそ》をかすかに床に引いている。生地が軽くて、ドレープが美しい。乳母《ばあや》さんと思われる老女がうしろを追いかけ、解いたばかりの髪に、ブラシをいれてほぐしている。

見違えるような姿だった。

だがリフィアは恥ずかしそうにたずねた。生まれてこのかた人が集まるところに出たことがないのだ。きっと自分を飾ることに慣れてないのだろう。

「こんなでいい？　よくわからないの。こんなのしかなくて」

こんなドレスの送り主であるロレンツォは、多少おもしろくなさそうだ。

「おまえのそういうしとやかな姿を見るのは、ずいぶん久しぶりだな。だいじょうぶ、とてもきれいだよリフィア。わたしが保証しよう」

ミケルも問題なくうなずいた。

するとリフィアはようやく覚悟を決めたようすで、階段をそろそろとおりてくる。ほんとうに着慣れないのだろう。足元がおぼつかない。ミケルはふと思いついた。

「そこに座ってみて」

「ここ？」

リフィアはそっと腰をおろした。

ミケルの頭の中で、ひとつの作品が完璧《かんぺき》にできあがった。ミケルは紙とチョークを放《ほう》り出し、ちょっと待ってて、と、部屋を飛びだした。

ロレンツォは理解に苦しんだ。

「ちっともはじまらんな。今度はなんなんだ？」

馬にとびのったミケルは、なんと半日かけてフィレンツェまで駆け戻ると、石工のルチアーノが詰めている作業現場に駆《か》けつけた。

ミケルの顔を見るなり、ルチアーノはにやっと笑って作業の手を休めた。

「石かい？」

ミケルは息せき切ってうなづいた。

「そう、石だよ石。例の、乳白色の大理石がほしいんだ」

ルチアーノは、太股《ふともも》の上につもった石ぼこりを叩《たた》きながら立ち上がった。

「さては、聖母《マリア》様を見つけたな？」


ミケルが別邸に戻ってきたのは翌日の昼前だった。ルチアーノと石のことをあれこれ語り明かして、ちょっと寝不足である。

だが、さっそく石を前においた、リフィアの前に座った。

すばらしい大理石だった。塊《かたまり》ではない、平板である。ミケルは浮《う》き彫《ぼ》りを彫りたいと思っていた。チョークでざっと下描《したが》きをする。

リフィアは階段に座り、神妙にじっとしている。

いざ鏨《たがね》とハンマーを取り出して彫りはじめたミケルを見て、ロレンツォはおもしろがった。

（あいかわらず、摩訶不思議《まかふしぎ》な彫り方だな）

自己流である。

ふつうなら、まず石全体を荒く大まかに彫って、ある程度全体像が見えてから、すこしずつ細かく彫っていこうとするものだ。

だのにミケルは、ある一点――この時は平板の右下のすみだった――からはじめて、いきなり細部まで彫《ほ》りあげながら進んでいく。他の場所にはいっさい鏨《たがね》をいれていないから、切り出した石面がそのまま残っている。

だから、はたで見物しているものは、たいてい錯覚を見ることになる。

まるで埋もれていた彫像が、石塊《せっかい》の中から掘り出されてくるように見えるのだ。ロレンツォは久々にこの錯覚を味わわされ、うれしくてぞくぞくした。

（いいぞミケル、その調子だ――自己流でいいんだ。おまえはいつも彫りたいものを彫りたいように、自由に彫ればいい）

がんこで、かたくなで、人間づきあいがこれほど不器用な少年――年端《としは》もいかないミケルが、それこそいとも簡単そうに、鏨とハンマーだけで、このような至宝をやすやすと生みだしていくのが、ロレンツォには愉快《ゆかい》でたまらなかった。

疑いようもなく、神は、地方行政官の次男ミケルに才能を授けた――だが、ミケルはまだ自分の才能に半信半疑である。

これこそ、神の悪戯《いたずら》のなせるわざではないのか。

何日かたって、リフィアがミケルにおそるおそるたずねた。

「私って、こんな顔してる？」

ロレンツォは、いったんフィレンツェに戻っている。

ミケルは、手を止めずにうなずいた。すでにリフィア以外の部分に彫《ほ》り進んでいて、リフィアはただ、ミケルの彫るのを見物しているだけだ。

「困ったな。私、ほんとにこんな顔してる？」

「こんなって？」

リフィアはほんとうに困っていた。

「だって、この私、なんだかとってもつらそうじゃない。こんな顔してちゃあ、館のみんなに心配かけてしまう」

「してないよ」

ミケルは手を止めた。

「君は、こんな顔はしてない。おれにはこう見えるだけで、実際に君がこんな顔してるわけじゃないんだ。これは——なんていうか——たぶん君の、内面の表情だ」

リフィアは驚き、赤くなった。

「だって、私のことなんか、なにも知らないくせに」

「知らないさ。会ったばかりだもの。知ってたら気味《きみ》が悪い」

「じゃあ勝手に想像しながら彫ってるの？」

早い話が、そういうことになるかな、と、ミケルはうなずいた。

「君を見たり、声を聞いて感じたことを手がかりに、もっとわかりたいと思いながら、彫《ほ》ってる」

「なんで私のことをわかりたいと思うの？」

「そりゃ、うまく彫りたいからさ。いい作品にしたい」

ミケルはまたハンマーをふるいはじめた。

「ほんとうのことを言うと、君の声を最初に聞いたとき、まるで、巫女《みこ》さんみたいだと思ったんだ。なんだか君が、こわいことを予感していて、悲しいのを一生懸命がまんしているみたいなイメージをもっちまった。どんなに君が幸せそうにしてても、どこか無理しているように見えちまう。だからかな、こんなつらそうな顔になったのは」

「私、無理してるように見える？」

「無理してるの？」

リフィアは小さなため息をつき、あらためて考えているようだった。

「そうね。ちょっとは、無理してるかな」

そうか、と、ミケルは石から目を離さずに言った。

「じゃあもうおれの前では、無理しなくていいよ」

ミケルは淡々《たんたん》と作業を続け、リフィアは黙りこんだ。

しばらくして一息ついたミケルは、ふと、彫り終わった聖母――リフィアに目をくれた。

緊張したまなざしの先に、なにを見ているのだろう。

(なにがそんなに君を不安がらせるんだ?)

聖母の背景となる、天に通じる階段を彫《ほ》りながら、ふとミケルはロレンツォが言ったことばを思い出した。


たとえわたしがここで死んで、寿命が一、二年短くなったところで――


馬車を襲撃されたとき、ミケルを物入れの中に押しこめようとしながら、ロレンツォは確かにそんなことを言ったのだ。わたしの寿命が一、二年短くなったところで――。

なんでロレンツォはそんな変な言い方をしたんだろう。このあいだから、ちょっと気になっていたのだ。なんで一、二年なんだ。

漠然とした不安が、リフィアの悲しい予感と重なったような気がした。

「ひょっとして、君の不安は、ロレンツォのことなのか？」

とたんに、リフィアの瞳《ひとみ》から、涙がこぼれた。

ミケルは軽い衝撃を受けた。

「ロレンツォは、病気なの」

リフィアはあわてて涙をぬぐった。ミケルの前では、無理しなくてもいい――そう思ったら、とたんに涙腺《るいせん》までゆるんだらしい。だらしない。こんなことは、生まれてはじめてだ。

「ロレンツォはね、重い病気なの。ロレンツォのお父さまが命を落としたのと、同じ病気なんだそうよ。ここにはこっそり養生《ようじょう》しに来るの。とても苦しくて、疲れているくせに、ほかの人には誰にも泣き言を言わないでしょう？　ほんとうは、もっと仕事を減らして、ゆっくりしなければならないのに、フィレンツェでは、誰も彼にそんなことをさせてあげない」

ミケルは動揺した。

身体《からだ》の調子がよくないみたいだとは、うすうす気づいていた。だが一、二年ということばが、頭をがんがんと叩《たた》いていた。

「そんなに？」

うなずいたリフィアは、幼い頃つけた悪いくせで、また、笑顔で無理やり悲しいのをごまかしてしまうのだった。

「私、人が死んでいくのには、ふつうよりも慣れているつもりなの。ほら、インノチェンティでは、お友達が死んでいくのを何度も看取《みと》ったし——知ってる？　天使がその人の魂《たましい》を連れていくとき、最期に、魂と身体《からだ》をつないでいる糸を、息をふきかけてふっと切るの。頭がかくっとなったら、糸が切られた証拠よ。いくら呼んでも、ゆすっても、泣いても、その人はもう二度と目を覚まさない」

「君は、平気なのか？」

「平気じゃないわ」

でも、覚悟を決めなければ、とリフィアは顔をあげた。

虚空《こくう》を見据《みす》えた。

「私は、もうじきロレンツォを失う——涙が出るほどこわいけれど、こわがってばかりもいられないわ。最期の瞬間——天使が糸を切るその瞬間まで、私のすべてを尽くして、ロレンツォを安らぎで包んでいてあげたい」

ミケルの驚いた視線に気づいたリフィアは、あわてて目を伏せた。

そしてまた、照れたように微笑《ほほえ》むのだった。

取り除かなければならないものを、大理石からすべて取り除いた瞬間、石の中に埋没していた彫刻が、あらわれた。

もとの石を見ていたロレンツォは、ことばもなかった。

(不思議だ。もとの石より、この浮《う》き彫《ぼ》りのほうがずっと大きく感じる——もちろん、そんなはずはないのに)

石が削《けず》りとられるにしたがって、逆に、像が大きく見えてくる不思議は、これからもミケルの彫刻過程を見守る人を、驚かすことになる。

とにかく衣服のドレープの量感がすばらしかった。聖母マリアは、遠近法をみごとに生かした階段に座り、幼いイエスを胸に抱いている。だが、ふつうの聖母子像に見られるような慈《いつく》しみあふれる優しい表情ではない。

ミケルが刻んだ聖なる母マリアは、胸にしっかりと抱いた愛児イエスが、これからたどる過酷な運命——裏切りと処刑までも、まざまざと予感していた。

不安と緊張をはらんだ表情で、虚空《こくう》をしっかりと見据《みす》えている聖母マリア。

私は、この子を失わなければならない。

でも運命から逃げず、私のすべてを尽くし、最期まで、安らぎで包んでいてあげたい。

『階段の聖母子』――ミケル、十四歳の時の傑作である。


「ねえロレンツォ。ミケルはいつ帰ってくるの」

追いすがって、何度も同じことをたずねてくるジュリオを、ロレンツォはそのたびにいなさなければならなかった。

メディチ家のメンバーには、あの別邸のことを知られたくない。とりわけジュリオには、あの別邸に行かせたくないわけがある。

「言っただろうジュリオ、ミケルは襲撃されたときちょっとけがをしたんで、湯治場《とうじば》に放《ほう》り込《こ》んだんだ。もうしばらく置いとかなければ」

「じゃあ僕も行く」

「湯治場なんて、おまえには退屈なだけだよ。それにおまえにはガッロの神学の講義があるじゃないか。彼《ガッロ》は来月にはローマに移られるんだから、いまのうちにしっかり聞いておきなさい。ミケルは大丈夫《だいじょうぶ》。そのうち帰ってくるから、心配するな」

ジュリオは、ひとり取り残された。

繊細な神経は、ちゃんと感じとっていた。なんだか、ロレンツォの態度が空々しい。

そして、湯治場から戻ってこないミケルが、なんとも恨《うら》めしかった。抜け出してくればいいのに。

（もうミケルは、僕のことなんか、なんとも思ってないんだ）

けんか別れしたままだったし、ジュリオを描《か》こうとした絵も、中途半端で投げ出されている。

帰ってきたところで、もうジュリオのことなんか気にかけないかもしれない。

ジュリオは、歩きだした。こんな気持ちになるときはいつも、例の屋根裏部屋に行く。あそこで毛布をかぶりながらドゥオモをながめていると、不思議と、自分で自分を慰《なぐさ》めることができたのだ。

だが、今日は、階段をのぼる気力も起きなかった。

（ひとりでいたくないな）

ミケルに会うまで、こんな気持ちを味わったことはなかった。ジュリオはみんなからのたくさんの愛情を一身に集めて、心から幸せに毎日を送っていたはずだ。たまに感傷的な気分に浸りたくなると、ドゥオモをながめに屋根裏部屋にのぼった。死んだ父親を独り占めしているようで、ジュリオはひとりひそかに満たされていた。

それがいまはどうだ。

(僕はいったいどうしちゃったんだろう)

ミケルが来てから、心がさんざんに乱される。

ジュリオは生まれてはじめて、自分の置かれた場所を寂しいと思うようになった。ドゥオモをいくらながめても、ちっとも慰《なぐさ》められない。

(こんなふうにミケルにほっとかれるくらいなら、まだ、けんかして思いきり叩《たた》かれるほうがましだ)

けんかの続きのためでもいいから、ミケルに戻ってきてほしい。

なんだか無性に人の気配が恋しくて、大食堂のほうにふらふらと行ってみると、ちょうどボッティチェリたちの一団が、邸《やしき》の外へ繰り出そうと出てきたところと出くわした。

ジュリオは彼の崇拝者たちに取り囲まれた。

「やあ、これは我らが天使、どこへおいでかな」

「みんなこそどこへ行くのさ、こんな時間に」

「こんな時間だからこそ、行ける場所に、行くわけです」

一同わっとわいた。みんなすでに酔っていて上機嫌《じょうきげん》だ。ジュリオはおもしろそうだと思った。

「僕もいっしょに行くよ」

とたんに男たちは顔をつきあわせて小声で論じはじめた。

「おもしろいじゃないか、おもしろい」

「ロレンツォに叱《しか》られないか？」

「ばかだな、ロレンツォはそんな器量の狭い男じゃないさ」

「我らが天使もお年頃だということか」

「さよう、そういう場所に機をみて連れ出してさしあげるのが、身内以外の年長者の使命」

「なるほどなるほど」

話はまとまったらしい。

「まいりましょう」

ジュリオはとっくに中庭を歩きだしている。

三台の馬車で意気揚々《いきようよう》と繰り出したのは、フィレンツェでも一番の歓楽街だった。

街は、にぎわっている。葡萄《ぶどう》やオリーブの収穫がようやく終わって、ほっとする季節だ。それでなくても普段からにぎわう界隈《かいわい》には、町中の倉庫に収穫物を運び入れた農民たちの姿もまじっている。

ボッティチェリは馬車をおりる前に、ジュリオに帽子をかぶせて目深に引っ張った。

「なにすんだよ」

「正体がばれたら、大騒ぎになる」

大きな見せ物小屋に入って、席についた。すぐに酒が運ばれてきた。ジュリオが強がって酒をあおるのを、大人たちはおもしろがり、やんやとはやしたてた。

やがて、無数のろうそくに照らされた舞台に女の子たちが出てきて踊り出し、そのうち服を脱ぎだすと観客は大騒ぎになった。

(なんだ、裸踊《はだかおど》りか)

踊り子たちが一枚一枚服を脱ぎ去るのを頰杖《ほおづえ》ついて見ながら、ほろ酔いのジュリオは、ちょっと前にレオナルドのモデルをしたときのことを思い出していた。ここの踊り子たちのいかにももったいぶった脱ぎかたにくらべれば、ジュリオはなんといさぎよく素っ裸になったことだろう。

そして、ここで大喜びしている酔客たちのようすと、あのときのレオナルドのようすもぜんぜん違う。

ジュリオはあのとき、レオナルドの目の力に圧倒された。ものの十分やそこらデッサンさせただけで、ジュリオはものすごい脱力感をおぼえ、あごを出したのだった。そのあとしばらくは、レオナルドがいつもどこからか見ているような錯覚をおぼえて、落ち着かなかったのを忘れない。

いま思えば、なんだか妙な感覚だった。

あんなにジュリオの内面に踏み込んだ人間はいない。解剖《かいぼう》されてまた縫《ぬ》い合《あ》わされたような気分に、あのときはとても疲れさせられたが、疲れが去ったあとは、いやな感じはしなかった。あんなへんてこな気持ちは、前にもあとにも経験したことがない。

（レオナルドの描《か》いた僕は、すごくきれいだったけど、寂しそうだったな）

ほんとうの自分は、あんなふうなのかな、と、思う。

そのとき、観客が一段と大きな歓声をあげた。踊り子たちが最後の一枚を脱いだところだ。

（あれ、男だ）

まったく、こんなののなにがおもしろいんだろうと、ジュリオは席を立ち上がった。ボッティチェリたち何人かがあわてて追いかけてきたが、建物の前の雑踏《ざっとう》で離れてしまった。かまわないさ、どうせ馬車が待っているんだから――と思ったジュリオは、おりた場所に馬車の影も形もないのに驚いた。

（いいさ、歩いて帰る）

ジュリオはドゥオモをさがした。フィレンツェの象徴ドゥオモは、街のどこからでも見えて市民に方向を教えてくれる――はずだったが、いまは、影も形も見えない。

しかたなくにぎやかな歓楽街をすたすたと歩きだした。すると、紳士然とした男たちが、しきりに、いくらでどうだとたずねてくる。

自分が値踏みされてることに気づくまで、しばらくかかった。

「売り物じゃない」

険悪な空気を引きずったまま、ジュリオは歩き続けた。

何人か、あとをついてくるのがわかる。もっと広い街路に出たいのに、路地の行く手はどんどん狭く暗くなっていく。

(いやだな)

ジュリオは立ち止まり、引き返そうとした。

振り返ると、あとをつけてきた男たちが立ちふさがるかたちになった。

ジュリオは驚いた。さっきまでつきまとってきた紳士然とした男たちとは、あきらかに風体《ふうてい》が違う。

貞操《ていそう》の危機を感じたジュリオは、一目散に逃げ出した。だが、方向がわからない。足が速いのにまかせてむやみやたらに駆《か》けまわったあげく、とんでもない袋小路に追いつめられてしまった。

(どうしよう)

メディチの名前を聞いただけで恐れ入るような輩《やから》ではなかった。逆に、ロレンツォに身《み》の代金《しろきん》を迫りかねない。

男たちにもみくちゃにされかけたジュリオは、悲鳴をあげた。

同時に、ものすごい腕力によってふわりと身体《からだ》が浮くのを感じた。怨嗟《えんさ》の声があがった。

「あいにくだったな。おまえらがさわれるような子じゃないよ」

馬に乗った男が、太い声を張り上げた。

「男娼《だんしょう》がほしけりゃあっちへ行きな」

と、硬貨が石畳にばらまかれる音が盛大にした。男たちが足元に気をとられたすきに、ジュリオを乗せた馬は全力で走り出し、男たちを蹴散《けち》らした。

ジュリオは、助けてくれた男の胸に夢中でしがみついていた。こんなにこわい目にあったのははじめてだ。まだ胸がどきどきしている。

「こわい思いをしましたね」

え？　と顔をあげてびっくりした。

「レオナルド」

「こわくて当然、あなたがのんきに散歩できるような場所じゃない。子羊がオオカミの大群の中を歩くようなもんだ。いったいどうしたんです」

「おまえこそいったい――」

我ながらばかな問いだとジュリオはいやになった。もちろん、レオナルドはここで美少年の男娼《だんしょう》をあさっていたのだ。モデルにするのかもしれないし、抱くのかもしれない。

きっとミラノにはこれほどの風俗街はないのだろう――あってたまるか、とジュリオはますますこわい顔になった。

「ボッティチェリたちとはぐれたんだよ」

「無責任なやつらだ。我らの天使になにかあったらどうする」

と、正義感にあふれることを言いながら、レオナルドはメディチ宮とは正反対のほうに勝手に馬を駆けさせている。

一難去ってまた一難だ。

「よく言うよ。これじゃ人さらいじゃないか」

「また人聞きの悪い――夜駆けはお嫌《きら》いか？」

「どこへ行くつもりさ」

ジュリオはあわてていなかった。馬はすでに並歩《なみあし》だったので、おりようと思えばいつでも飛びおりられる。

馬はアルノ川沿いに出た。

「そうだな、どこへ行きましょうか。フィレンツェに名所は多い。このアルノ川沿いもロマンチックだし、そのままヴェッキオ橋《ポンテ・ヴェッキオ》を渡って郊外で星座をながめるのも素敵だ。市壁の内側で恋人同士が愛を語らうなら、ピッティ宮裏手の草地に限る。ちなみに私の今夜の宿は、これまた一風変わったすばらしい内装で、なんと大きな寝台がオスマントルコ風だ。一見の価値がありますよ。見たくないですか?」

酔っているようすはない。

だが、胸元から、ぷんと強いアルコールがにおった。ワインではない。きっと海賊《かいぞく》の飲むようなきつい酒だ。ロレンツォはこんなにおいをさせたことがないので、ジュリオにはめずらしかった。

レオナルドはおかしそうに笑った。

「もっとも、メディチ宮にかなう建物はない。どれ、今夜はメディチ宮の外観を見物するとしようか」

馬は、すでにメディチ宮へと首を向けている。

どうやら無事に送り届けてくれるらしい。

ちょっとほっとしながら、ジュリオは、ふと思い出していた。死んだ父ジュリアーノは、このレオナルドと一年しか生まれ年が違わないという。

もし生きていたら、父もやはりこんなにおいをさせただろうか。

(なんだか今夜の僕は変だ)

ジュリオは、父に会いたくてならなくなった。こんなふうに父から異国の酒のにおいをかいだり、胸にもたれてみたりしたい。こんなに死んだ父に会いたいと思ったことはない。どうしてジュリオが大きくなるまで生きていてくれなかったんだろう。

「レオナルドは、僕の父を知ってるの？」

レオナルドはややあってから、うなずいた。

「知ってますよ」

「父さんは――」

声が届かない。

レオナルドは、思わず馬の手綱《たづな》を引いて速度をゆるめた。

「ジュリアーノが、なにか？」

ジュリオはこたえに困った。自分は父のなにを知りたかったのだろう。

「もういい」

ジュリオは目を閉じた。

きつい酒のにおいがまとわりついて、目が回りそうだ。ジュリオは馬から落とされないように、レオナルドの腕にしがみついた。

メディチ宮に、帰りたくない。

「いいよ」

小さな声だったので、レオナルドは聞き直した。

「なんだって？」

「もう、いいんだ」

ジュリオはレオナルドの腕にしっかりとしがみついたまま、なげやりに言った。

「いいから、どこへでも、おまえの好きなところに連れていけよ」


同じ頃、ミケルは、聖母のうしろで遊びまわる天使を手直ししていた。

ジュリオのことが、しきりに思われる。

(早く、ジュリオを描《か》けるようになりたい)

描くには描いたが、きれいなだけだったジュリオの肖像画を破いたことは、片時も忘れたことはない。

そして、いっしょに苦く思い出されるのは、あのレオナルドのデッサンだ。

ハンマーを握るミケルの手に、力がこめられた。

(あの男には、負けたくない)


フィレンツェに戻る日。

ミケルが馬で跳ね橋《はばし》を渡ろうとすると、うしろから元気よくあとを追っかけてくる女の子に気づいた。

リフィアだった。麻の袋をかかえてる。ミケルは馬からおりたった。

「どうしたの。それはなに？」

リフィアは真っ赤になった。

袋の中身はたいしたものではない。

「あの――私が育てた朝鮮あざみ《アーティチョーク》なの。ロレンツォに、ちょっとでも食べてもらえればと思って、いそいで摘《つ》んできた」

スペイン経由で伝えられたばかりの、アラビアの作物である。

ロレンツォの健康が心配で、いてもたってもいられないのだろう。フィレンツェに連れていってロレンツォといっしょにいさせてあげられないのが、なんともかわいそうだった。

「わかった、ひとつ残らず食べさせる」

「よかった」

ふたりは不敵な笑顔になった（ロレンツォは大の野菜嫌《やさいぎら》いである）。

さて、うれしげに微笑《ほほえ》んだリフィアを見て、ミケルは思わず何回かまばたきをした。

（変だな、こんなにかわいかったかな）

『階段の聖母子』を彫《ほ》り直さなきゃならないかな、と思ったくらいだ。

年頃の女の子が、一晩で、いとも簡単にきれいになれることなんかぜんぜん知らないから、ミケルはまた自分の目が未熟なんだと思いこんでしまった。

リフィアがこのところずっと女の子らしいドレス姿でいる深い意味も、当然考えたことがない。

「ねえ、また、ロレンツォといっしょに来てくれる?」

馬に乗りかけたミケルに、リフィアはたずねた。

「ああ、近いうちに来るよ」

手綱《たづな》を整えながら、ミケルは馬上からこたえた。

「おれが口実をつくって、お館《やかた》様を引っ張ってくる。確かに彼は仕事のしすぎだ。また、君のことも描《か》きたいし」

真っ赤にほおを染めたリフィアが、一段と愛らしく見えたので、ミケルはますますがっかりさせられた。ぜんぜんこんなふうには彫《ほ》らなかった。

(変だなあ。おれが、まだまだ未熟なせいかなあ)

ちょっと落ち込んだ気持ちでフィレンツェに戻ると、メディチ宮では、誰もが、おかえり、と、ミケルを抱きしめてくれたので、ミケルは面食らった。

「勇敢なミケル、けがの具合はどうだい」

「とんでもない坊やだな。銃《じゅう》で山賊《さんぞく》を撃退《げきたい》したんだって?」

「ロレンツォの命の恩人だな。しっかり貸しを返してもらえよ」

そのロレンツォも、ミケルが戻ったと聞いて、政庁舎であるヴェッキオ宮からその夜はまっすぐに帰ってきた。

　ミケルがなにも言わずにアーティチョークの包みを差し出すと、誰から持たされたか、ロレンツォはすぐに察したらしい。おやおや、と驚き、和やかな表情になった。

　ミケルは注意した。

「残さず食べてくださいよ。約束したんだから」

「わかった。食べさせてもらうよ——見たかい？」

　ロレンツォはサロンの暖炉《だんろ》の上を指し示した。

　驚いたことに、ロレンツォが一足先に持って帰った『階段の聖母子』が飾ってある。メディチ宮の壁の中でも特等席だった。ミケルはさすがに恐縮した。

「宝物がひとつふえた」

と、ロレンツォはたいそう満足そうである。

「さっそく依頼がいくつか来たぞ。芸術家はこうでなくちゃ困る」

　だが、聞いてみるとみんな、自分の妻や娘をモデルにして聖母を描《か》いてほしいという依頼だった。ミケルにはよくわからない。

「なんでみんなおれに絵を描かせたがるのかな。おれは、彫刻家なのに」

「この浮《う》き彫《ぼ》りの構図や、彫刻するためにささっと描く君の素描《そびょう》をのぞけば、誰だって絵の仕事をさせてみたくなるさ。かくいうわたしもさせたいね。祭壇画なんてどうだ？　礼拝堂の天井画とか。我が家の礼拝堂をやってみないか？」

「まさか」

悪い冗談だと思って、ミケルは笑い飛ばした。

「もひとつ浮き彫りを彫ろうと思って戻ってきたんです。あなたの部屋の暖炉の『騎馬戦士たちの戦い』に挑戦したい」

「ベルトルドが彫《ほ》ったやつだな。君のお気に入りだ」

「そう」

そして、ミケルは思った。いつか、あなたの像を彫りたい——。

ロレンツォは、むろんうなずいた。

「自信をつけたな。よかったよかった、いいことだ」

ぽんぽんと調子よく、ロレンツォがミケルの肩を叩《たた》いた、そのときだった。

食堂へ通じる廊下を、すっと影が横切ったのが、ミケルの目に入った。

「あ、ジュリオ」

ジュリオはミケルの声を無視して、ぷいっと通り過ぎる。

リフィアもかわいかったが、やはり、ジュリオの美貌《びぼう》は格別だ。ミケルのいまのところの最終目標は、やはりジュリオを完璧《かんぺき》に描《か》きあらわすことにあった。久しぶりにジュリオを見てうれしくなったミケルはジュリオを追いかけ、すぐにあれ？　と、首をかしげた。

腕をつかんで、正面を向かせ、まじまじと見て、眉《まゆ》を曇《くも》らせた。

「なにかあったのか？」

ジュリオは息ができないほど驚かされた。

「なんだよ」

身をよじってミケルから逃れようとした。

「どうもしないよ、はなせよ」

ジュリオはミケルと目を合わせることができなかった。

肌《はだ》を合わせて、誰かに心をゆだねてしまえば、それで楽になれるなんて、どうして思ったのだろう。

後悔はしていなかった。あの夜は、ああでもしなければたまらなかったのだ。

だがもう二度とレオナルドに近づこうとは思わない。

「ジュリオ」

「なんだよ」

前のけんかの続きかと思って、ジュリオは身構えた。ミケルにあまり自分を見られたくない。

どことなく大人びた陰をおびたジュリオを、ミケルは不思議そうに、しげしげと見つめた。

「頼みがあるんだ。もう一度おまえを描《か》かせてくれないか」

ジュリオは驚いて目を見張った。

ミケルは、真剣な表情であやまった。

「前に手をあげたのは、おれが悪かったよ。ついかっとなるのはおれの悪いくせなんだ。許してほしい。殴《なぐ》っといて虫がいいと思うかもしれないが、もう一度おまえを描きたいんだ。きっと、こないだとは違う絵が描《か》けると思う。ずっとジュリオを描くことを考えてたんだ」

すぐには声が出なかった。

「いやだよ」

「なんで」

「ミケルの気まぐれには、もう、つきあってられない」

ジュリオは逃げた。泣きたいほどの後悔《こうかい》におそわれていた。

なんでレオナルドについていってしまったんだろう。

(僕のことを、描きたいって?)

ふと、暖炉《だんろ》の上に飾られたミケルの浮《う》き彫《ぼ》り『階段の聖母子』が目に入り、頭がますます混乱した。

（じゃあ、この女の子はなんなんだよ）

ジュリオは三階に駆け上がり、ミケルの部屋にとびこんだ。机の上に、たくさんのデッサンが置いてある。

中でも、別邸から持って帰ってきたばかりの清楚《せいそ》な少女のデッサンに、ジュリオは目を落とした。この娘が、『階段の聖母子』のモデルであることは問違いない。

ジュリオは腹がたった。

（僕のことを考えてたなんて、調子のいいこと言って——ほんとうは、この女の子を描《か》いてて、ずっと帰ってこなかったんじゃないか。僕のことを放《ほう》り出《だ》して、悲しい思いをさせて）

頭の中が、ぐるぐるとまわる。

（こんな女の子を——）

デッサンの中のリフィアに、ぼんやりと見入った。


二か月ほどのち。

ミケルは、またリフィアのいる別邸に来ていた。ロレンツォの静養のためである。

冬の透明な日の下で、ミケルはリフィアをせっせとデッサンした（ジュリオにモデルを断られたこともあって)。

リフィアは、またまた印象が変わっていた。なぜなら、リフィアはミケルに恋をしていたからだ。ミケルは、リフィアにとって、ロレンツォがはじめて連れてきてくれた同年代の男の子だった。

(ミケルといると、どきどきする)

だが、ミケルはちっともそんな気持ちに気づかない。

ただ、会うたびに美しく変わっていくリフィアが不思議ではある。だからこれほどせっせと描《か》いているのかもしれない。

中庭に面した回廊に腰をおろし、不器用なふたりは、ほとんど会話もなかった。

鳥だけが鳴いている。

突然、ジュリオがどこからか舞いあらわれた。

驚いたのは、リフィアだ。

「え、誰?」

ジュリオは今日、ミケルとロレンツォの乗った馬車を苦労してつけてきて、ようやくこの別邸にたどりついたのだった。三度目にしてようやく成功した。

(ああ、この子だ)

不意の侵入者に驚くリフィアの前に、ジュリオは立った。

　しかしこの突発事態を目の前にして、のんきにもミケルは座ったまま、幻覚《げんかく》を見ている。

　突然あらわれたジュリオを前に、驚くリフィア。

（あ、受胎告知《じゅたいこくち》だ――）

　サン・マルコ修道院の僧坊で見たフラ・アンジェリコの壁画『受胎告知』が、いきなりミケルの頭にかぶさった。降臨した天使ガブリエルが、処女マリアに告げる――おまえは、神の子イエスを胎内に宿した、と。

　当然おののく聖処女マリア。

（やっと会えた）

　えもいわれぬ微笑《ほほえ》みを浮かべ、ジュリオは少女を見つめた。


（続く）

あとがき

ハルナの大好きな映画『グッド・ウィル・ハンティング』に、こんなシーンがあります。

ちょっと癖《くせ》のあるセラピスト役のロビン・ウィリアムズ（私はTV時代から彼の大ファン）が、児童虐待《ぎゃくたい》を受けて鬱屈《うっくつ》している超天才児ウィル（マット・デイモン。なんとも生意気でこざかしくてすてき）に向かって、次のようなことを言いながら、静かに静かに諭《さと》すシーンで、印象的で、忘れられません。

BGMなし、うらうらとおだやかな池のほとりでのせりふでした。

――君は、難しい話ができてすごいが、実際は、ただの子どもだ。自分の言ってることばをなにひとつ理解していない――もし芸術について質問されれば、本から得たあらゆる知識を動員させて雄弁に語り、相手を論じ倒すことができる。たとえばミケランジェロのことにだって精通している。彼の作品について、政治的野心について、教皇との確執について、性的嗜好《しこう》についてまで、ぺらぺら論じることができる――そうだろう？　でも、システィーナ礼拝堂のなかが、どんなにおいがするかは、ぜったいに語ることはできない。

実際にあそこに立ち、あの美しい天井を見上げたことがないからだ――

（と、空を見上げて、遠い遠い目になるロビン・ウィリアムズ）

この映画を見たことがない人には、ぜひともこの長いせりふの続きをじっくりと聞いていろいろ考えてほしいところですが、ともかく、それが、ハルナの頭にミケランジェロがひっかかった、最初だったと思います。

で、ハルナはいつもあとがきで、山川《やまかわ》出版社の『世界史用語集』に頼るわけです。ミケランジェロってどんな人だったか、例によって引用させてもらいますと――。

ミケランジェロ　一四七五〜一五六四　彫刻を主に絵画建築にも卓絶した不世出の巨匠。おもにフィレンツェとローマで制作。自由を熱愛し、フィレンツェの危機には軍事技術者として活躍した。その作品のほとんどはパトロンやライバルなどの無理解や中傷とたたかいながら生み出された。

しかし、ミケランジェロといえば、やっぱりあのサン・ピエトロ寺院の『ピエタ』につきるでしょう。ヴァチカン市国（ローマ）にある大理石彫刻については、みなさんもどこかで写真を見たことがあるに違いありません。

ちょっと驚かされますが、あれはミケランジェロがまだ二十代前半の作品です。例の性格が災いして、彼は弟子に指示を出して楽をするということもできず、結果、ほとんどの大作を、たったひとりで制作したといわれています。

ルネッサンスの三巨匠といえば、レオナルド・ダ・ヴィンチ、ミケランジェロ、ラファエロです。

そのうち、八歳年下のラファエロも陽気にかっこよく登場してくる予定です。十六世紀初頭のフィレンツェで、この三人が顔をそろえる期間が実際にあるので――フィレンツェは、人を引きつける最先端の大都会だったんですね。

三人のなかで、もっとも要領が悪かったのが、ミケランジェロだと思います。しがない地方行政官だった父の反対をおしきってなんとか入学できた美術学校を、退学させられ

——なんていう出だしからなんともいい。

なので、この本の前半では、ミケランジェロ——ミケルの幼い頃について、できるだけ資料にそって書いてみました。でも、ただの伝記になってもしょうがないので、女っ気がまったくなかったとされる若き日のミケルに、架空《かくう》の女の子をひとりからませてみました。リフィアです。

これからの展開としては——今回本の厚さをいつもの半分にしたので、多少ていねいに予告すると——ミケルがメディチ宮に引き取られて、わずか三年でロレンツォ豪華王《ごうかおう》が病死し、メディチ家は一気に没落、ロレンツォの死後二年で、メディチ家のすべてのメンバーはフィレンツェ共和国から追放されることになります。

フィレンツェの実権を握った狂信的な怪僧サヴォナローラが、リフィアの存在と、出生の秘密を知って——。


さてさて、もうひとりの主役ジュリオも、ミケル同様、実在の人物をモデルにしています。

ミケランジェロとジュリオは、十四歳と十一歳でメディチ宮に同居するようになって以来、ジュリオの死が二人を分かつまで、不思議な縁《えにし》でつながれることになります。

ちなみに、ジュリオの父親ジュリアーノ・デ・メディチが、花の聖母《サンタ・マリア・デル・フィオーレ》大聖堂で暗殺された「パッツィ家の陰謀事件」については、いろいろな先生方がすでにいろんなふうに書かれていますので、興味のある方はどうぞさがしてみてください。ルネッサンスや、フィレンツェや、ミケランジェロについても、資料は山のようにありますので（アレクサンドロス大王とは大違い）あえてずらずら列挙しません。興味のある人は、どうぞ本屋や図書館でさがして楽しんでくださいね。

ひとつお知らせです。神戸《こうべ》のＦ Ｃ《ファンクラブ》の会誌が八号をもって完結し、かわりにインターネットにファンサイトを開く予定になりました。きっちりと定期で発行された会誌の中身があまりにもずっしり充実していたのと、会員数の多さのせいで、和田さんの仕事量は（郵送作業も含めて）相当のものだったと思います。二年もの間、本当にありがとう。感謝してます。どれだけはげみになったことか。

したがって、会員募集も終了するので、ご了承ください、とのことです。しばらくはみんなでサイトが開くのを楽しみに待ちましょう。私もイラストの池上《いけがみ》沙京《さきょう》先生も、いままでどおり参加したいと思っています。

あと、講談社《こうだんしゃ》を通して私宛《わたしあて》に、いつもたくさんの叱咤激励《しったげきれい》の手紙をありがとう。みんなからの声にはとっても力づけられます。前作『マゼンタ色の黄昏《たそがれ》──マリア外伝《がいでん》』は、もとの『マリア』が人気だっただけに書きながらあれこれ不安でしたが、みんなからの反響がおおむね好評だったので、一安心しています。

これからも、できるだけ返事を書いていくつもりなので、よろしくね。

感謝といえば、イラストの池上沙京先生ならびに、編集の鈴木《すずき》のぶさんには、いつも感謝のことばもありません。またいっしょにおいしいお酒をのみましょう。

また、最後になりましたが、さくら組のササ先生オマ先生、もも組のイノ先生オザ先生はじめ、安心して仕事に専念させてくださる保育園の明るい先生方すべてにも、心から感謝してます。子どもたちを送っていった私が、思わずいっしょに長居をしたくなるようなあたたかく元気な園風が大好きです。ありがとうございます。

こうして感謝のことばをならべてみると、あらためて、みなさんあってのハルナだなあと感じさせられます。これからも力を貸していただきながら、なんとかベストを尽くしていきたいと思います。応援よろしくお願いします。

二〇〇一年春　榛名しおり

冒頭のロレンツォの詩の訳は、講談社刊『週刊世界遺産7　フィレンツェの歴史地区』から引用させていただきました。また、本文中のロレンツォの鼻歌は、吉井勇氏のものを引用しました。

榛名しおり先生、イラストの池上沙京先生への、お便りをお待ちしております。

♡榛名しおり先生へのファンレターのあて先

〒112-8001　東京都文京区音羽2-12-21　講談社　X文庫「榛名しおり先生」係

♡池上沙京先生へのファンレターのあて先

〒112-8001　東京都文京区音羽2-12-21　講談社　X文庫「池上沙京先生」係

N.D.C.913　224p　15cm

棒名しおり（はるな・しおり）
神奈川県平塚市在住。
作品に『マリア』（第3回ホワイトハート大賞佳作受賞）『王女リーズ』『ブロア物語』。『テュロスの聖母』『ミエザの深き眠り』『碧きエーゲの恩寵』『光と影のトラキア』『煌めくヘルメスの下に』『カルタゴの儚き花嫁』『フェニキア紫の伝説』『マゼンタ色の黄昏』。そしてルネサンス時代のイタリアへ。綺羅星のごとく天才たちが行きかうフィレンツェの恋物語、開幕です!!

講談社X文庫

white heart

薫風《くんぷう》のフィレンツェ

榛名《はるな》しおり

●

2001年4月5日　第1刷発行

定価はカバーに表示してあります。

発行者――野間佐和子
発行所――株式会社　講談社
東京都文京区音羽2-12-21　〒112-8001
電話　編集部　03-5395-3507
販売部　03-5395-3626
製作部　03-5395-3615
本文印刷―豊国印刷株式会社
製本―――株式会社大進堂
カバー印刷―双美印刷株式会社
デザイン―山口　馨

ISBN4-06-255537-9　　(文庫)

講談社X文庫ホワイトハート・大好評恋愛&耽美小説シリーズ

終わらない週末　有馬さつき
週末のプライベートレッスンがいつしか…。　（絵・藤崎理子）

パーティナイト　終わらない週末　有馬さつき
トオルの美貌に目がくらんだ飯島は思わず!?　（絵・藤崎理子）

ダブル・ハネムーン　終わらない週末　有馬さつき
4人一緒で行く真冬のボストン旅行は…!?　（絵・藤崎理子）

ビタースウィート　終わらない週末　有馬さつき
念願の同居を始めた飯島とトオルは…!?　（絵・藤崎理子）

バニー・ボーイ　終わらない週末　有馬さつき
二人でいられれば、ほかに何もいらない!!　（絵・藤崎理子）

フラワー・キッス　終わらない週末　有馬さつき
タカより好きな人なんていないんだよ、僕。　（絵・藤崎理子）

ラブ・ネスト　終わらない週末　有馬さつき
その優しさが、時には罪になるんだよ。　（絵・藤崎理子）

ベビィフェイス　終わらない週末　有馬さつき
キスだけじゃ、今夜は眠れそうにない。　（絵・藤崎理子）

トラブルメーカー　終わらない週末　有馬さつき
タカも欲しかったら、無理強いするの?　（絵・藤崎理子）

ウイークポイント　終わらない週末　有馬さつき
必ずあなたから、彼を奪い取ります!　（絵・藤崎理子）

プライベート・コール　終わらない週末　有馬さつき
僕に黙って女の人と会うなんて……。　（絵・藤崎理子）

ベッド・サバイバル　終わらない週末　有馬さつき
早くタカに会いに行きたいよ。　（絵・藤崎理子）

オンリー・ワン　終わらない週末　有馬さつき
トオルがいなけりゃ、OKしてたのか?　（絵・藤崎理子）

ドレスアップ・ゲーム　終わらない週末　有馬さつき
男だってことを身体に覚え込ませてあげるよ。　（絵・藤崎理子）

シークレット・プロミス　終わらない週末　有馬さつき
そんなことしたら、その気になるよ。　（絵・藤崎理子）

ギブ・アンド・テイク　終わらない週末　有馬さつき
なにもないなら、隠す必要はないだろう?　（絵・藤崎理子）

アポロンの束縛　有馬さつき
〈手〉だけでなく、あなたのすべてがほしい!!　（絵・斐火《ひが》サキア）

ミス・キャスト　伊郷ルウ
僕は裸の写真なんか、撮ってほしくない!　（絵・桜城やや）

エゴイスト　ミス・キャスト　伊郷ルウ
痛みの疼きは、いつしか欲望に……。　（絵・桜城やや）

隠し撮り　ミス・キャスト　伊郷ルウ
身体で支払うって方法もあるんだよ。　（絵・桜城やや）

☆……今月の新刊

講談社X文庫ホワイトハート・大好評恋愛&耽美小説シリーズ

放課後の悩めるカンケイ 桜沢vs白萌シリーズ　井村仁美
敏明vs玲一郎…待望の学園ロマンス第2弾!!　(絵・緋色れーいち)

ベンチマークに恋をして アナリストの憂鬱　井村仁美
青年アナリストが翻弄される恋の動向は…?　(絵・如月弘鷹)

恋のリスクは犯せない アナリストの憂鬱　井村仁美
ほかのことなど、考えられなくしてやるよ。　(絵・如月弘鷹)

3時から恋をする　井村仁美
入行したての藤芝の苦難がここから始まる。　(絵・如月弘鷹)

5時10分から恋のレッスン　井村仁美
あいつにも、そんな声を聞かせるんだな!?　(絵・如月弘鷹)

8時50分・愛の決戦　井村仁美
葵銀行と鳳銀行が突然、合併することに…!　(絵・如月弘鷹)

午前0時・愛の囁き　井村仁美
銀行員の苦悩を描く、トラブル・ロマンス!!　(絵・如月弘鷹)

110番は甘い鼓動　井村仁美
和ちゃんに刑事なんて、無理じゃないのか?　(絵・如月弘鷹)

迷彩迷夢《めいさいめいむ》　柏枝真郷
聖一との思い出の地、金沢で知った〝狂気〟!?　(絵・ひろき真冬)

窓—WINDOW— 硝子の街にて①　柏枝真郷
友情か愛か。ノブとシドニーのNY事件簿!!　(絵・茶屋町勝呂)

雪—SNOW— 硝子の街にて②　柏枝真郷
ノブ&シドニーの純情NYシティ事件簿!　(絵・茶屋町勝呂)

虹—RAINBOW— 硝子の街にて③　柏枝真郷
ノブ&シドニーのNYシティ事件簿第3弾!!　(絵・茶屋町勝呂)

家—BURROW— 硝子の街にて④　柏枝真郷
幸福に見える家族に起こった事件とは…!?　(絵・茶屋町勝呂)

朝—MORROW— 硝子の街にて⑤　柏枝真郷
その男は、なぜNYで事故に遭ったのか!?　(絵・茶屋町勝呂)

空—HOLLOW— 硝子の街にて⑥　柏枝真郷
不法滞在の日本人が殺人事件の参考人となり…。(絵・茶屋町勝呂)

燕—SWALLOW— 硝子の街にて⑦　柏枝真郷
ノブは東京へ。NYへの想いを見つめ直すために。(絵・茶屋町勝呂)

いのせんと・わーるど　かわいゆみこ
七年を経て再会した二人の先に待つものは!?　(絵・石原 理)

深海魚達の眠り いのせんと・わーるど　かわいゆみこ
巨悪と闘い後輩を想う…。検察官シリーズ第2弾。(絵・石原 理)

この貧しき地上に　篠田真由美
この地上でも、君となら生きていける……。　(絵・秋月杏子)

この貧しき地上にII　篠田真由美
ぼくたちの心臓はひとつのリズムを刻む!　(絵・秋月杏子)

☆……今月の新刊

講談社X文庫ホワイトハート・大好評恋愛&耽美小説シリーズ

この貧しき地上に III　篠田真由美
至高の純愛神話、ここに完結！　（絵・秋月杏子）

ロマンスの震源地　新堂奈槻
烱《けい》はまわり中をよろめかす愛の震源地だ！（絵・麻々原絵里依）

ロマンスの震源地2 上　新堂奈槻
烱は元一《もとかず》と潤哉のどちらを選ぶのか……!?（絵・麻々原絵里依）

ロマンスの震源地2 下　新堂奈槻
烱の気持ちは元一に傾きかけているが…。（絵・麻々原絵里依）

転校生　新堂奈槻
新しい学校で健太を待っていたのは――!?（絵・麻々原絵里依）

もっとずっとそばにいて　新堂奈槻
学園一の美少年を踏みにじるはずが……。（絵・麻々原絵里依）

水色のプレリュード　青海　圭
僕は飛鳥のために初めてラブソングを作った。（絵・二宮悦巳）

百万回のI LOVE YOU　青海　圭
コンプから飛鳥へのプロポーズの言葉とは？（絵・二宮悦巳）

16Beatで抱きしめて　青海　圭
2年目のG・ケルプに新たなメンバーが…。（絵・二宮悦巳）

背徳のオイディプス　仙道はるか
なんて罪深い愛なのか！　俺たちの愛は…。（絵・沢路きえ）

晴れた日には天使も空を飛ぶ　仙道はるか
解散から二年、仕事で再会した若葉と勇気は!?（絵・沢路きえ）

いつか喜びの城へ　仙道はるか
大人気！　芸能界シリーズ第3弾!!（絵・沢路きえ）

僕らはオーパーツの夢を見る　仙道はるか
俺たちの関係って〝場違いな恋〟だよな…!?（絵・沢路きえ）

月光の夜想曲《ノクターン》　仙道はるか
再び映画共演が決まった若葉と勇気だが…。（絵・沢路きえ）

高雅にして感傷的なワルツ　仙道はるか
あんたと俺は、住む世界が違うんだよ。（絵・沢路きえ）

星ノ記憶　仙道はるか
北海道を舞台に…芸能界シリーズ急展開!!（絵・沢路きえ）

琥珀色の迷宮《ラビリンス》　仙道はるか
陸と空、二つの恋路に新たな試練が!?（絵・沢路きえ）

シークレット・ダンジョン　仙道はるか
先生……なんで抵抗しないんですか？（絵・沢路きえ）

ネメシスの微笑　仙道はるか
甲斐の前に現れた婚約者に戸惑う空は…。（絵・沢路きえ）

天翔る鳥のように　仙道はるか
――姉さん、俺にこの人をくれよ。（絵・沢路きえ）

☆……今月の新刊

講談社X文庫ホワイトハート・大好評恋愛&耽美小説シリーズ

愚者に捧げる無言歌《ロマンス》 仙道はるか
——俺たちの『永遠』を信じていきたい。 （絵・沢路きえ）

ルナティック・コンチェルト 仙道はるか
大切なのは、いつもおまえだけなんだ！ （絵・沢路きえ）

ツイン・シグナル 仙道はるか
双子の兄弟が織り成す切ない恋の駆け引き！ （絵・沢路きえ）

ファインダーごしのパラドクス 仙道はるか
俺の本気は、きっと国塚さんより怖いよ。 （絵・沢路きえ）

メフィストフェレスはかくありき 仙道はるか
おまえのすべてを……知りたいんだ。 （絵・沢路きえ）

記憶の海に僕は眠りたい 仙道はるか
ガキのお遊びには、つきあえない。 （絵・沢路きえ）

魔物な僕ら 聖月ノ宮学園秘話 空野さかな
魔性の秘密を抱える少年達の、愛と性。 （絵・星崎 龍）

学園エトランゼ 聖月ノ宮学園秘話 空野さかな
孤独な宇宙人が恋したのは、過去のない少年!? （絵・星崎 龍）

少年お伽草子 聖月ノ宮学園秘話 空野さかな
聖月ノ宮学園ジャパネスク！ 中編小説集!! （絵・星崎 龍）

夢の後ろ姿 月夜の珈琲館
医局を舞台に男たちの熱いドラマが始まる!!

浮気な僕等 月夜の珈琲館
青木の病院に人気モデルが入院してきて…!!

おいしい水 月夜の珈琲館
志乃崎は織田を〈楽園〉に連れていった。

記憶の数 月夜の珈琲館
病院シリーズ番外編を含む傑作短編集!!

危険な恋人 月夜の珈琲館
N大附属病院で不審な事件が起こり始めて…。

眠れぬ夜のために 月夜の珈琲館
恭介と青木、二人のあいだに立つ志乃崎は…。

恋のハレルヤ 月夜の珈琲館
愛されたくて、愛したんじゃない…。

黄金の日々 月夜の珈琲館
俺たちは何度でもめぐり会うんだ……。

無敵なぼくら 成田空子
優等生の露木に振り回される渉《わたる》は…。 （絵・こうじま奈月）

狼だって怖くない 無敵なぼくら 成田空子
俺はまたしてもあいつの罠にはまり——。 （絵・こうじま奈月）

☆勝負はこれから！ 無敵なぼくら 成田空子
大好評〃無敵なぼくら〃シリーズ第3弾！ （絵・こうじま奈月）

☆……今月の新刊

講談社X文庫ホワイトハート・大好評恋愛&耽美小説シリーズ

最強な奴ら　無敵なぼくら　成田空子
ついに渉《わたる》を挟んだバトルが始まった!!（絵・こうじま奈月）

マリア　ブランデンブルクの真珠　榛名しおり
第3回ホワイトハート大賞《恋愛小説部門》佳作受賞作!!（絵・池上明子）

王女リーズ　テューダー朝の青い瞳　榛名しおり
恋が少女を、大英帝国エリザベス一世にした。（絵・池上沙京）

ブロア物語　黄金の海の守護天使　榛名しおり
戦う騎士、愛に生きる淑女。中世の青春が熱い。（絵・池上沙京）

テュロスの聖母　アレクサンドロス伝奇1　榛名しおり
紀元前の地中海に、壮大なドラマが帆をあげる!（絵・池上沙京）

ミエザの深き眠り　アレクサンドロス伝奇2　榛名しおり
辺境マケドニアの王子アレクス、聖母《サラ》に出会う!（絵・池上沙京）

碧きエーゲの恩寵　アレクサンドロス伝奇3　榛名しおり
突然の別離が狂わすサラとハミルの運命は!?（絵・池上沙京）

光と影のトラキア　アレクサンドロス伝奇4　榛名しおり
アレクス、ハミルと出会う――戦乱の予感。（絵・池上沙京）

煌《きら》めくヘルメスの下《もと》に　アレクサンドロス伝奇5　榛名しおり
逆らえない運命……。星の定めのままに。（絵・池上沙京）

カルタゴの儚《はかな》き花嫁　アレクサンドロス伝奇6　榛名しおり
大好評の古代地中海ロマンス、クライマックス!!（絵・池上沙京）

フェニキア紫の伝説　アレクサンドロス伝奇7　榛名しおり
壮大なる地中海歴史ロマン、感動の最終幕!（絵・池上沙京）

マゼンタ色の黄昏《たそがれ》　マリア外伝　榛名しおり
ファン待望の続編、きらびやかに登場!（絵・池上沙京）

☆**薫風のフィレンツェ**　榛名しおり
ルネサンスの若き天才・ミケルの恋物語!（絵・池上沙京）

いとしのレプリカ　深沢梨絵
沙樹とケンショウのキスシーンに会場は騒然!（絵・真木しょうこ）

KISS&TRUTH　いとしのレプリカ2　深沢梨絵
「レプリカ」結成当時のケンショウと沙樹は…!?（絵・真木しょうこ）

名もなき夜のために　魅惑のトラブルメーカー　牧口　杏
アイドルとギタリストの"Cool"ラブロマンス（絵・日下孝秋）

優しい夜のすごし方　魅惑のトラブルメーカー　牧口　杏
昴也たちの新ユニットに卑劣な罠が……!?（絵・日下孝秋）

そっと深く眠れ　魅惑のトラブルメーカー　牧口　杏
新メンバーにいわくつきのドラマーが……!?（絵・日下孝秋）

ジェラシーの花束　魅惑のトラブルメーカー　牧口　杏
昴也とTERRA、桐藤の恋の行方は!?（絵・日下孝秋）

まるでプラトニック・ラブ　東京BOYSレヴォリューション　水無月さらら
センセは男とはダメなの?　僕に興味ない?（絵・おおや和美）

☆……今月の新刊

講談社X文庫ホワイトハート・FT&NEO伝奇小説シリーズ

法廷士グラウベン　彩穂ひかる
第6回ホワイトハート大賞《期待賞》受賞作!!（絵・丹野　忍）

消えた王太子　法廷士グラウベン　彩穂ひかる
ジャンヌ・ダルクと決闘！　危うし法廷士!!（絵・丹野　忍）

瑠璃色ガーディアン　魔都夢幻草紙　池上　颯
キッチュ！　痛快！　ハイパー活劇登場!!（絵・青樹　總）

降魔美少年　岡野麻里安
光と闇のサイキック・アクション・ロマン開幕!!（絵・藤崎一也）

青の十字架　降魔美少年[2]　岡野麻里安
謎の美少年が咲也を狙う理由とは…!?（絵・藤崎一也）

海の迷宮《ラビリンス》　降魔美少年[3]　岡野麻里安
咲也をめぐり運命の歯車が再び回る!!（絵・藤崎一也）

カインの末裔　降魔美少年[4]　岡野麻里安
光と闇のサイキック・ロマン第四幕！（絵・藤崎一也）

審判の門　降魔美少年[5]　岡野麻里安
最後の死闘に挑む咲也と亮の運命は!?（絵・藤崎一也）

蘭の契り　岡野麻里安
妖《あやかし》と縛魔師の戦いに巻き込まれた光は……!?（絵・麻々原絵里依）

龍神の珠　蘭の契り[2]　岡野麻里安
光は縛魔師修行のため箱根の山中へ……。（絵・麻々原絵里依）

銀色の妖狐　蘭の契り[3]　岡野麻里安
光と千晶。命を賭した最終決戦の幕が上がる。（絵・麻々原絵里依）

桜を手折るもの　岡野麻里安
〈桜守〉vs.魔族――スペクタクル・バトル開幕！（絵・高群　保）

石像はささやく　小沢　淳
石像に埋もれた街で、リューとエリーは!?（絵・中川勝海）

月の影　影の海[上]　十二国記　小野不由美
海に映る月の影に飛びこみ抜け出た異界！（絵・山田章博）

月の影　影の海[下]　十二国記　小野不由美
私の故国は異界《ここ》――陽子の新たなる旅立ち！（絵・山田章博）

風の海　迷宮の岸[上]　十二国記　小野不由美
王を選ぶ日が来た――幼き神の獣の逡巡！（絵・山田章博）

風の海　迷宮の岸[下]　十二国記　小野不由美
幼き神獣――麒麟《きりん》の決断は過《あやま》ちだったのか!?（絵・山田章博）

東の海神《わだつみ》　西の滄海　十二国記　小野不由美
海のむこうに、幸福の国はあるのだろうか!?（絵・山田章博）

風の万里　黎明の空[上]　十二国記　小野不由美
三人のむすめが辿る、苦難の旅路の行方は!?（絵・山田章博）

風の万里　黎明の空[下]　十二国記　小野不由美
慟哭《くるしみ》のなかから旅立つ少女たちの運命は!?（絵・山田章博）

☆……今月の新刊

講談社X文庫ホワイトハート・FT&NEO伝奇小説シリーズ

開かれぬ鍵 抜かれぬ剣 上　駒崎 優
ローマ教皇の使者が来訪。不吉な事件が勃発！（絵・岩崎美奈子）

☆開かれぬ鍵 抜かれぬ剣 下　駒崎 優
リチャードの兄、来訪の隠された意図とは⁉（絵・岩崎美奈子）

水仙の清姫　紗々亜璃須
第6回ホワイトハート大賞優秀賞受賞作！（絵・井上ちよ）

寒椿の少女　紗々亜璃須
五十も離れた男の妾に望まれた少女の運命は⁉（絵・井上ちよ）

此君の戦姫　紗々亜璃須
「貴女を迎えにきました」…使者の正体は？（絵・井上ちよ）

沈丁花の少女 崑崙秘話　紗々亜璃須
妖力によって眠らされた、美姫の運命は⁉（絵・井上ちよ）

☆牡丹の眠姫 崑崙秘話　紗々亜璃須
残酷な過去の真相を知らされた瑞香は……⁉（絵・井上ちよ）

とおの眠《ねぶ》りのみなめさめ　紫宮 葵
第7回ホワイトハート大賞《大賞》受賞作！（絵・加藤俊章）

黄金《きん》のしらべ 蜜の音　紫宮 葵
蠱惑の美声に誘われ、少年は禁断の沼に…。（絵・加藤俊章）

妖精の島 東都幻沫録　高瀬美恵
誰もが彼の中に巣くう闇を見過ごしていた。（絵・RURU）

睡姫の翳 東都幻沫録　高瀬美恵
刈谷に女子生徒殺害の容疑がかけられ――。（絵・RURU）

傀儡《くぐつ》覚醒　鷹野祐希
第6回ホワイトハート大賞《佳作》受賞作!!（絵・九後 虎）

傀儡喪失　鷹野祐希
すれ違う海生《かいせい》と菜樹《なみき》に、五鬼衆の新たな罠が。（絵・九後 虎）

傀儡迷走　鷹野祐希
亡霊に捕われた菜樹は脱出できるのか⁉（絵・九後 虎）

傀儡自鳴　鷹野祐希
菜樹は宇津保のあるべき姿を模索し始める。（絵・九後 虎）

傀儡解放　鷹野祐希
ノンストップ伝奇ファンタジー、堂々完結！（絵・九後 虎）

セレーネ・セイレーン　とみなが貴和
第5回ホワイトハート大賞《佳作》受賞作!!（絵・楠本祐子）

EDGE《エッジ》　とみなが貴和
私には犯人が見える…天才心理捜査官《プロファイラー》登場！（絵・沖本秀子）

EDGE2 ～三月の誘拐者～　とみなが貴和
天才犯罪心理捜査官が幼女誘拐犯を追う！（絵・沖本秀子）

☆EDGE3 ～毒の夏～　とみなが貴和
都会に撒かれる毒。姿の見えない相手に錬摩は⁉（絵・沖本秀子）

☆……今月の新刊

講談社X文庫ホワイトハート・FT&NEO伝奇小説シリーズ

銀闇を抱く娘　鎌倉幻譜　中森ねむる
少女が消えた！　鎌倉を震撼させる真相は⁉（絵・高橋　明）

冥《くら》き迷いの森　鎌倉幻譜　中森ねむる
人と獣の壮絶な伝奇ファンタジー第2弾！（絵・高橋　明）

半妖の電夢国　電影戦線1　流　星香
電脳世界のアクション・アドベンチャー開幕!!（絵・片山　愁）

思慕回廊の幻　電影戦線2　流　星香
電夢界の歯車が、再び回りはじめる!!（絵・片山　愁）

優艶の妖鬼姫　電影戦線3　流　星香
新たな魔我珠は、入手できるのか…⁉（絵・片山　愁）

うたかたの魔郷　電影戦線4　流　星香
姫夜叉を追う一行の前に新たな試練が!!（絵・片山　愁）

月虹の護法神　電影戦線5　流　星香
少年たちの電脳アクション、怒濤の第5弾！（絵・片山　愁）

魔界門の羅刹　電影戦線6　流　星香
少年たちの電脳アドベンチャー衝撃の最終巻。（絵・片山　愁）

電影戦線スピリッツ　流　星香
新たなサイバースペースに殴り込みだ！（絵・片山　愁）

ゴー・ウエスト　天竺漫遊記1　流　星香
伝説世界を駆ける中国風冒険活劇開幕!!（絵・北山真理）

スーパー・モンキー　天竺漫遊記2　流　星香
三蔵法師一行、妖怪大王・金角銀角と対決!!（絵・北山真理）

モンキー・マジック　天竺漫遊記3　流　星香
中国風冒険活劇第三弾。孫悟空奮戦す！（絵・北山真理）

ホーリー&ブライト　天竺漫遊記4　流　星香
えっ、三蔵が懐妊⁉　中国風冒険活劇第四幕。（絵・北山真理）

ガンダーラ　天竺漫遊記5　流　星香
天竺をめざす中国風冒険活劇最終幕!!（絵・北山真理）

☆黒蓮の虜囚　プラパ・ゼータ　ミゼルの使徒1　流　星香
待望の「プラパ・ゼータ」新シリーズ開幕！（絵・飯坂友佳子）

見つめる眼　真・霊感探偵倶楽部　新田一実
〝真〟シリーズ開始。さらにパワーアップ！（絵・笠井あゆみ）

闇より迷い出ずる者　真・霊感探偵倶楽部　新田一実
綺麗な男の正体は変質者か、それとも⁉（絵・笠井あゆみ）

疾《はし》走る影　真・霊感探偵倶楽部　新田一実
暴走する〝幽霊自動車〟が竜憲&大輔に迫る！（絵・笠井あゆみ）

冷酷な神の恩寵　真・霊感探偵倶楽部　新田一実
人気芸能人の周りで謎の連続死。魔の手が迫る！（絵・笠井あゆみ）

愚か者の恋　真・霊感探偵倶楽部　新田一実
見知らぬ老婆と背後霊に脅える少女の関係は？（絵・笠井あゆみ）

☆……今月の新刊

講談社X文庫ホワイトハート・FT&NEO伝奇小説シリーズ

死霊の罠 真・霊感探偵倶楽部　新田一実
奇妙なスプラッタビデオの謎を追う竜憲が!?（絵・笠井あゆみ）

鬼の棲む里 真・霊感探偵倶楽部　新田一実
大輔が陰陽の異空間に取り込まれてしまった。（絵・笠井あゆみ）

夜が囁《ささや》く 真・霊感探偵倶楽部　新田一実
携帯電話への不気味な声がもたらす謎の怪死事件。（絵・笠井あゆみ）

紅い雪 真・霊感探偵倶楽部　新田一実
存在しない雪山の村に紅く染まる怪異の影！（絵・笠井あゆみ）

☆**緑柱石** 真・霊感探偵倶楽部　新田一実
目玉を抉られる怪事件の真相は!?（絵・笠井あゆみ）

ムアール宮廷の陰謀 女戦士エフェラ&ジリオラ1　ひかわ玲子
二人の少女の出会いが帝国の運命を変えた！（絵・米田仁士）

グラフトンの三つの流星 女戦士エフェラ&ジリオラ2　ひかわ玲子
興亡に巻きこまれた、三つ子兄妹の運命は!?（絵・米田仁士）

妖精界の秘宝 女戦士エフェラ&ジリオラ3　ひかわ玲子
ジリオラとヴァンサン公子の体が入れ替わる!?（絵・米田仁士）

紫の大陸ザーン上 女戦士エフェラ&ジリオラ4　ひかわ玲子
大海原を舞台に、女戦士の剣が一閃する!!（絵・米田仁士）

紫の大陸ザーン下 女戦士エフェラ&ジリオラ5　ひかわ玲子
空飛ぶ絨緞に乗って辿り着いたところは…!?（絵・米田仁士）

オカレスク大帝の夢 女戦士エフェラ&ジリオラ6　ひかわ玲子
ジリオラが、ついにムアール帝国皇帝に即位!?（絵・米田仁士）

天命の邂逅 女戦士エフェラ&ジリオラ7　ひかわ玲子
双子星として生まれた二人に、別離のときが!?（絵・米田仁士）

星の行方 女戦士エフェラ&ジリオラ8　ひかわ玲子
感動のシリーズ完結編！ 改題・加筆で登場。（絵・米田仁士）

グラヴィスの封印 真ハラーマ戦記1　ひかわ玲子
ムアール辺境の地に怪事件が巻き起こる!!（絵・由羅カイリ）

黒銀の月乙女 真ハラーマ戦記2　ひかわ玲子
帝都の祝祭から戻った二人に新たな災厄が!?（絵・由羅カイリ）

漆黒の美神 真ハラーマ戦記3　ひかわ玲子
〈闇〉に取り込まれたルファーンたちに光は!?（絵・由羅カイリ）

青い髪のシリーン上　ひかわ玲子
狂王に捕らわれたシリーン少年の運命は!?（絵・有栖川るい）

青い髪のシリーン下　ひかわ玲子
シリーンは、母との再会が果たせるのか!?（絵・有栖川るい）

暁の娘アリエラ上　ひかわ玲子
〝エフェラ&ジリオラ〟シリーズ新章突入！（絵・ほたか乱）

暁の娘アリエラ下　ひかわ玲子
ベレム城にさらわれたアリエラに心境の変化が!?（絵・ほたか乱）

講談社X文庫ホワイトハート・FT&NEO伝奇小説シリーズ

人買奇談　椹野道流《ふしのみちる》
話題のネオ・オカルト・ノヴェル開幕!!（絵・あかま日砂紀）

泣赤子奇談　椹野道流
姿の見えぬ赤ん坊の泣き声は、何の意味!?（絵・あかま日砂紀）

八咫烏《やたがらす》奇談　椹野道流
黒い鳥の狂い羽ばたく、忌まわしき夜。（絵・あかま日砂紀）

倫敦《ロンドン》奇談　椹野道流
美代子に請われ、倫敦を訪れた森と敏生《としき》は…!?（絵・あかま日砂紀）

幻月奇談　椹野道流
あの人は死んだ。最後まで私を拒んで。（絵・あかま日砂紀）

龍泉奇談　椹野道流
伝説の地・遠野でシリーズ最大の敵、登場！（絵・あかま日砂紀）

土蜘蛛奇談 上　椹野道流
少女の夢の中、天本と敏生のたどりつく先は!?（絵・あかま日砂紀）

土蜘蛛奇談 下　椹野道流
安倍晴明は天本なのか。いま彼はどこに!?（絵・あかま日砂紀）

景清奇談　椹野道流
絵に潜む妖《あやか》し。女の死が怪現象の始まりだった。（絵・あかま日砂紀）

忘恋奇談　椹野道流
天本が敏生に打ち明けた苦い過去とは……。（絵・あかま日砂紀）

遠日奇談　椹野道流
初の短編集。天本と龍村の出会いが明らかに！（絵・あかま日砂紀）

蔦蔓《つたかずら》奇談　椹野道流
闇を切り裂くネオ・オカルトノベル最新刊！（絵・あかま日砂紀）

童子切奇談　椹野道流
京都の街にあの男が出現！　天本、敏生は奔る！（絵・あかま日砂紀）

龍猫—ホンコン・シティ・キャット—　星野ケイ
友情、野望、愛憎渦巻く香港《まち》で新シリーズ開幕！（絵・夏賀久美子）

聖誕風雲—血のクリスマス—　星野ケイ
死体から血を抜きとったのはファラオの仕業!?（絵・夏賀久美子）

城市幻影—愛しのナイトメア—　星野ケイ
人間の肉体を乗っ取るウイルスの正体は…!?（絵・夏賀久美子）

烈火情縁—愛と裏切りの挽歌—　星野ケイ
いま、香港の街が〝死人〟に侵されていく！（絵・夏賀久美子）

非常遊戯—デッド・エンド—　星野ケイ
刑事とバンパイアの香港ポリス・ファンタジー完結編！（絵・夏賀久美子）

堕落天使　星野ケイ
人間vs.天使の壮絶バトル!!　新シリーズ開幕。（絵・二越としみ）

天使降臨　星野ケイ
君は、僕のために空から降りてきた天使！（絵・二越としみ）

☆……今月の新刊

第9回
ホワイトハート大賞
募集中!

新しい作家が新しい物語を生み出している
活力あふれるシリーズ
大賞受賞作は
ホワイトハートの一冊として出版します
あなたの作品をお待ちしています

〈賞〉

大賞　賞状ならびに副賞100万円
および、応募原稿出版の際の印税

佳作　賞状ならびに副賞50万円

(賞金は税込みです)

〈選考委員〉

川又千秋
ひかわ玲子
夢枕獏

(アイウエオ順)

左から川又先生、ひかわ先生、夢枕先生

〈応募の方法〉

○資　格　プロ・アマを問いません。
○内　容　ホワイトハートの読者を対象とした小説で、未発表のもの。
○枚　数　400字詰め原稿用紙で250枚以上、300枚以内。たて書きのこと。ワープロ原稿は、20字×20行、無地用紙に印字。
○締め切り　2001年5月31日（当日消印有効）
○発　表　2001年12月26日発売予定の𝕏文庫ホワイトハート1月新刊全冊ほか。
○あて先　〒112－8001　東京都文京区音羽2－12－21　講談社𝕏文庫出版部　ホワイトハート大賞係

○なお、本文とは別に、原稿の1枚めにタイトル、住所、氏名、ペンネーム、年齢、職業（在校名、筆歴など）、電話番号を明記し、2枚め以降に400字詰め原稿用紙で3枚以内のあらすじをつけてください。
原稿は、かならず、通しのナンバーを入れ、右上をとじるようにお願いいたします。
また、二作以上応募する場合は、一作ずつ別の封筒に入れてお送りください。
○応募作品は、返却いたしませんので、必要なかたは、コピーをとってからご応募ねがいます。選考についての問い合わせには、応じられません。
○入選作の出版権、映像化権、その他いっさいの権利は、小社が優先権を持ちます。